读客外国小说文库

熊猫君激发个人成长

柠檬桌子

[英] 朱利安·巴恩斯 著

郭国良 译

江苏凤凰文艺出版社
JIANGSU PHOENIX LITERATURE AND
ART PUBLISHING LTD

THE LEMON TABLE

JULIAN BARNES

巴恩斯作品

JULIAN
BARNES

献给帕特

目 录

美发简史

1

　　刚刚搬了新家，他第一次来理发，妈妈陪着。她大概是想来考察理发师的吧，仿佛那句"后面和两边剪短，头顶略微剪剪"在这个市郊新地方会别有新意。他可不这么想。除了理发师不是同一位，其他悉数照旧：折磨人的椅子，手术室的味道，还有磨刀皮带和闭合的剃刀——合着是合着，但让人看了不觉安全，反而更像是一种威胁。最关键的是，这位"主刀"也是毫无二致，疯子一个，长着一双巨手，几根竹竿似的手指戳着两耳，一掌按在头上直往下压，直到你的气管几乎断了为止。"您大致看看，行吗，夫人？"完工后他油腔滑调地说。他母亲恍然把思绪从杂志上收回，站了起来。"挺不错，"她含含糊糊地说，身子朝他靠了靠，鼻子嗅着头发上的味道，"下次就让他自个儿来吧。"走出门，母亲揉了揉他的脸颊，懒懒地瞅着他，喃喃道："你这个可怜的小短毛儿。"

这次他独自一人来理发。一路上，他经过房产代理商、运动品商店和半木结构的银行，嘴里反复练着："后面和两边剪短头顶略微剪剪。"他说得慌里慌张，没有停顿，要听得恰到好处才能会意，像是做祷告。他兜里装着一先令三便士，为了保证钱的安全，他还在兜里塞了块手帕，把兜儿塞得结结实实的。他十分不爽，因为不能在理发时表现出些许胆怯。去看牙医可比这简单多了：总有妈妈陪着，虽然牙医总是把自己弄疼，可之后总会给自己这个"乖孩子"发块硬糖作为奖励，等重新回到候诊室，你便又可以在其他病人面前摆出一副英雄虎胆的样子，引得父母一阵自豪。"上战场了，老兄？"他爸爸会问。痛苦可让你进入成人世界，熟悉成人用语。牙医会说："告诉你爸，你适合去海外。他会明白的。"于是他回到家，爸爸会说："上战场了，老兄？"他便答道："戈登先生说我适合去海外。"

他怀着近乎庄重的心情进了理发店，手抵着门簧。可是理发师只是点了一下头，用梳子指了指那排高背椅，对着一个白发老头儿恢复了半蹲的姿势。格雷戈里坐了下来，椅子嘎吱嘎吱地响。一坐下他便想尿尿。他身旁放了一箱杂志，他都不敢碰一碰。他目不转睛地盯着地上一坨一坨仓鼠窝似的头发。

轮到他了，理发师将一个厚实的橡胶坐垫丢在座位上。这动作看着太侮辱人了：他都已经穿了十个半月的长裤了。不过这种情况实属常见：你永远摸不透其中的门道，永远不确定理发师是不是会这样折磨每个人，还是只针对你一个人。就像这会儿吧：理发师正想用裹布把他勒死，拽着它紧紧绕了脖子一圈，接着又把一块布塞进了他的领口。"您今儿要剪个什么头，小伙子？"这语气，仿佛在说格雷戈里显然像只可鄙的土鳖虫，满脸奸诈，随时可能因为各种各样的原因哧溜一下钻进屋内不见了踪影。

略微停顿了下，格雷戈里说："我想请您给我剪个头。"

"嗯，我想说您来对地方了，不是吗？"理发师用梳子敲了敲他的头，不痛也不轻。

"请—后—面—和—两—边—剪—短—头—顶—略—微—剪—剪。"

"现在开工喽。"理发师说。

他们只在一个星期里特定的几天才给男孩理发。理发店里有个通知写着"周六上午恕不接待男孩"。他们周六下午就关门了，其实就是周六整天不给男孩理发。男孩只能挑着大人不乐意来的时候来。最起码，不能在上班的大人来的时候来。他有时候也在顾客全是领养老金的老头儿的时候过来。这儿有三个理发师，都是中年人，穿着白大褂，把工作时间一部分花在老头儿身上，一部分花在年轻人身上。他们亲昵地黏在那些清着嗓子的老头儿身旁，跟他们神秘兮兮地交谈，摆出一副热衷这场买卖的样子。老头儿们即使在夏天也穿着外套，戴着围巾，他们走的时候会给小费。格雷戈里用眼角瞅着这笔买卖。一个人把钱给了另一个，两人偷偷摸摸地微微握了下手，双方都装作没在做生意。

男孩不给小费。这恐怕就是理发师讨厌男孩的原因。他们给的钱少，还不给小费。他们还总动来动去，或者至少是当他们妈妈发了话他们才会安生，可是这也不能阻止理发师一面用坚如磐石的大手猛拍他们的脑袋，一面嘟哝个不停："别动！"据说有些男孩耳朵上边就是在理发时给撕掉一块，都怪他们动来动去。剃刀被唤作"断喉刀"。所有理发师都是疯子。

"幼狼团的，是不是？"格雷戈里过了好一会儿才回过神儿来，听到理发师正在对自己讲话。他不知道是该继续低着头还是应该抬起头从镜子里面看着理发师。最后他还是低着头说："不是。"

"已经是童子军啦？"

"不是。"

"那是十字军？"

格雷戈里不知所云。他抬起头，可是理发师用梳子敲了敲他的脑壳儿。"我说了别动。"格雷戈里惊恐万分，竟没有勇气回答了，理发师权当这是否认。"很不错的组织，十字军。你该好好考虑一下。"

格雷戈里想象着自己被弯弯的萨拉森[1]之剑剁成肉泥，沙漠中他被绑在柱子上，活生生地被蚂蚁和秃鹫吃掉。与此同时，他默默忍受着剪刀冷冷地在他头顶滑来滑去——总是这么冰凉，即使它本身不是那么冰凉，也让人觉得很冷。他双眼紧闭，任凭头发掉在脸上，痒痒的，真是折磨人！他坐在那儿，仍然不敢睁开眼看，仿佛过了几个世纪，他不是早该理完了吗？除非他神经到想一直剪个不停，直到格雷戈里变成秃子。接下来登场的还有磨剃刀的皮带，这意味着你的喉咙马上要被割断了。刀背贴着耳朵，贴着你的后颈，给人干涩凌乱的感觉；刷子飞快地掠过你的鼻子和眼睛，把头发扫出来。

凡此种种，每每让人皱眉蹙眼。可这还不是最让人不安的。他觉得这地方最让人惴惴不安的是粗俗。那些你不懂的事情，没想过要懂的事情，到头来总是变得很粗俗。比如理发店门口那个旋转彩灯柱。显而易见的粗俗。以前那个地方就是一块漆了颜色的旧木头，一圈圈色彩回转环绕其上。现在这个是电动的，绕柱旋转，一刻不停。更加粗俗不堪，他想。还有那满满一箱子杂志。他敢肯定里面一定有一些是很粗俗的。只要你想，任何事情都可

---

1 萨拉森在十字军东征中指穆斯林。——译注（本书中注释如无特殊说明，均为译注）

以变得粗俗。这是一条人生真理，是他刚刚领悟到的。不过他可不在意。格雷戈里喜欢粗俗的东西。

他的头一动不动，从隔壁的镜子里面朝着一个与他隔了两个位子的老头儿看。他一直在不停地唠叨，用老头儿们特有的大嗓门嚷嚷着。这会儿，理发师正冲他弯着腰，用一把圆头剪刀剪他的眉毛。接着还剪了他鼻孔和耳朵里的毛。咔嚓咔嚓，大撮大撮的毛从他耳朵眼里剪了出来。真是恶心极了。最后，理发师开始往老鬼脖子后面扑粉。这是在干吗？

此时"主刀"把推子拿了出来。这玩意儿也令格雷戈里反感。有时他们用手握式的推子，看上去像起子，只听他上面的头骨嘎嘎吱吱响个不停，直到他的脑瓜被撬开。这次用的是电动的，更糟糕！你可能因为它而触电身亡。他的脑海中无数次闪过这个念头。理发师嗡嗡嗡地理完了头，完全没注意到他的种种不安。哼，横竖是讨厌你，就因为你是个男孩，把你耳朵割下一大块，鲜血四溅，浸染电动推，等电动推短了路，导了电，把你就地电死！这种惨剧怕是已经上演了数亿次。而且理发师总能从中生还，因为他们穿的鞋是橡胶底。

他们在学校里裸泳。洛夫特豪斯先生会在敏感部位穿上一块遮羞布。男孩子们把衣服脱了个精光，冲掉身上的虱子或是疣之类的，或只是冲掉身上的臭味儿，比如伍德就是这样，然后跳进池塘里。一下蹦得老高，再从高处落下来，水花打着蛋蛋。这真下流，可千万不能让老师看到。水打得蛋蛋收紧，鸡鸡直直地伸出去。上岸后他们用毛巾把身子擦干，互相打量又并不直视，大概就是拿眼角瞟一瞟，同他们在理发店里看镜子的方法一样。班上学生年龄相仿，可是有些人下面还是秃的；有些人，比如格雷戈里，已经在顶部长出了几撮阴毛，但还未覆盖到蛋蛋；还有一些人，比如霍普金森和夏皮罗，已同男人一样毛发浓密，而且颜色更深些，浅棕黑，跟爸爸的一样，他曾偷窥过父亲勃起时的样子。至少他还有点儿，不像秃子布鲁斯特、豪尔和伍德。可是霍普金森和夏皮罗怎么会有那么多？其他人的只能算是小鸡鸡，而他俩已经有了阳具。

他想撒尿。但他不能。决不能再想尿尿的事了。他可以憋着等回家了再撒。十字军跟萨拉森打仗，将圣地从异教徒手中解救出来。异教徒卡斯特罗[1]那样的吗，先生？这是伍德闹出的一个笑话。他们战袍上佩着十字。锁子甲在以色列一定很热。他必须断了自己能在"对墙撒尿，看谁最高"比赛中拿金牌的念头。

"本地人？"理发师突然问道。格雷戈里第一次不失时机地看了看镜中的他。红脸，小胡子，戴眼镜，头发发黄，学监头发

1　原文为"Infidel Castro"，而古巴领导人菲德尔·卡斯特罗的名字英文写作"Fidel Castro"，由此说是伍德闹出的笑话。

的颜色。他们曾学过："谁来监督监督者？"[1]那么谁给理发师理发呢？可以判断，这个人不但是个疯子，还是一个变态鬼。众所周知，变态鬼是层出不穷的。游泳教练就是个变态鬼。下课后，当他们在浴巾中瑟瑟发抖时，蛋蛋收紧，他们的鸡鸡加上两只阳具伸出来，洛夫特豪斯先生便会沿着游泳池的长边走过去，爬上跳板，站在那儿等着，直到所有人的目光都聚焦到他身上。他展开硕壮的肌肉、文身和手臂，泳裤边缘勒着屁股，只见他深吸了口气，纵身一跃，跳入水中，在水下沿着游泳池纵向滑行，滑行二十五码。他碰到了水池边缘，从水里钻了出来，他们便开始鼓掌——他们可不是真心喝彩——可他对他们的掌声全然无视，又换了几种泳姿。真是个变态鬼。大部分老师很可能都是。有一位还戴着结婚戒指呢。这便是铁证。

这个理发师也是个变态鬼。"你家住在本地吗？"他又重复了一遍。格雷戈里没有上钩。他会登门拜访，让他加入童子军或是十字军。然后他会问妈妈能否让他带格雷戈里去树林里面露营——除非那儿只有一顶帐篷。他会给格雷戈里讲熊的故事，即使格雷戈里已经学过地理，知道熊大概在十字军东征的时代就已经在英国灭绝了，但是假如这个变态鬼跟他说树林里有只熊，他

---

1 原文为拉丁文，出自罗马诗人尤维纳利斯。

还是会将信将疑的。

"刚搬来不久。"格雷戈里回答说。话音刚落他便觉得不妥了。他们刚搬过来。理发师会给他讲坊间趣闻，他只要过来就会讲，就这样，一年又一年，一年又一年。格雷戈里抬眼朝镜子里瞟了一下，但这变态鬼并没有要开口八卦的意思。他心不在焉地咔嚓咔嚓剪着头。突然他低头侍弄格雷戈里的领子，抖了两下，确保头发全部落进格雷戈里的衬衫里。"考虑一下十字军，"他边说边把挡刀布抽出来，"它挺适合你的。"

格雷戈里看着自己从那块"裹尸布"下"涅槃"而出，一切如故，只是耳朵向外张得更厉害了。格雷戈里顺着橡胶坐垫往前滑了滑。理发师又拿梳子敲了敲他的脑壳，这次比以前重了，因为他头上的头发少了。

"还没完呢，伙计。"理发师顺着狭长的小店缓缓走过去，回来的时候拿了面椭圆形的镜子，看上去像个托盘。他放低镜子好让格雷戈里看到他自己的后脑勺。格雷戈里朝第一面镜子看了看，又向第二面瞟了瞟，又冲另一侧瞅了瞅。这不是他的后脑勺。他的后脑勺可不长这个样子。他感到自己脸红了。他想撒尿。变态鬼正在给他看别人的后脑勺。黑魔法。格雷戈里看了又看，脸变得通红通红，他一直盯着那个别人的后脑勺，那个到处都被剃过了的后脑勺，终于恍然大悟：回家的唯一办法就是按这变态鬼的套路出牌。于是他最后看了一眼那个陌生的脑袋，斗胆抬眼向更高的地方，从镜子里看着理发师那副冷漠的眼镜，轻轻说了声："好了。"

2

理发师低下头看着他，一脸礼貌的漠视，拿着梳子若有所思地在他头上拨来拨去：仿佛在丛丛头发的深处埋藏着一条久已埋没的头缝，宛若中世纪的朝圣小径。梳子轻蔑地一挑，一大撮头发扬起来盖住了眼睛，直至下巴。他在这个突如其来的窗帘后面默想：我操，吉姆。他来这儿的唯一原因是艾莉不再给他剪头发了。嗯，至少是目前不会了。他想她想得心潮澎湃：他坐在浴缸里，她为他洗发，剪发。他拔起塞子，她用淋浴头冲掉他身上剪断的碎发，用淋浴调着情，每每当他起身站立，她便立即吮他的阴茎，猝不及防，一边吮着，一边捡起最后几根碎发。哇。

"您有……您有什么需要特别吩咐的地方吗……先生？"他佯作找不到格雷戈里头发的分缝。

"就剪个大背头吧。"格雷戈里以牙还牙似的猛甩了一下头，头发于是统统归位，重新飞回了头顶和脑后。他把手从那恶心的袍子样的尼龙布里伸出来，用手指把头发捋了捋，整理好，又把它弄蓬松，就像他刚进来时那样。

"您……您对长度有要求吗……先生？"

"领子下面三英寸吧。两边剪到颧骨以上，就是那儿。"格雷戈里用中指比画了一下高度线。

"既然已经问到这儿了，那么您需要剃一下胡子吗？"

他妈的！现在刮胡子就是这样。只有律师和工程师还有护林员每天早上还会把头埋在他们的洗漱用具包里忙活半天，像加尔文宗的信徒那样对着胡子茬儿"披荆斩棘"。格雷戈里侧身转向镜子，斜眼冲自己瞅了瞅。"这是她喜欢的样子。"他轻松地说道。

"那么，成家了，是吧？"

说话小心点儿，浑蛋！别惹我！别想跟我串通一气。除非你是个同性恋。我有哪点像是要结婚的。我可是支持堕胎合法的。

"莫非您攒钱就是为了遭罪？"

格雷戈里懒得搭理他。

"本人结婚二十七年了，"那人一边说着，一边剪了第一刀，"就像所有事儿一样，过得起起伏伏、波澜壮阔。"

格雷戈里咕哝了一声，勉强表露出一点儿感情，就像是你在牙医诊所，满嘴全是仪器，可那牙医偏要给你讲个笑话。

"两个孩子。嗯，有个已长大成人。闺女还在家。还没等你回过神儿，她也会长大飞走了。最后他们都要从笼子里飞走。"

格雷戈里从镜子里看着他，可这家伙没有看他，只是低着头，不停剪东剪西。或许这人也不坏，就是无聊了点儿。当然了，数十年浸淫在剥削式的主仆关系中，让他心理极度变态了吧。

"不过可能您不是那种想结婚的人，先生。"

现在打住。谁在说谁是同性恋？他一向反感理发师，这位也不例外。就是他妈的一介凡夫，娶妻生子，偿还借贷，洗完车后再把车停在车库里。一小块从铁路公司租来的园地，长着一张狮子狗脸的妻子把洗好的衣服晾在外面金属的旋转传送带之类的东西上，没错儿，没错儿，不过如此。没准儿周六下午去哪个扯淡的俱乐部里当当比赛主裁判。不不，说不定连个主裁判也混不上，也就是个边线裁判而已。

格雷戈里恍然发现那家伙没有接着说下去的意思，仿佛在等着一个答案。他在等着个答案？他在这事儿上有什么权利？倒要好好教训一下这家伙。

"对于懦夫，婚姻是唯一的冒险。"

"是的，嗯，我想您一定比我聪明，先生，"美发师答道，语气并未带着明显的恭敬，"大学生活如何啊？"

格雷戈里几乎又要咕哝两下。

"当然，我也不懂，不过我总觉得大学教学生鄙视的东西超过了他们的权利范围。毕竟他们是在花我们的钱啊。真高兴我的儿子去了技校，没受荼毒。他现在赚大钱了呢。"

没错儿，没错儿，足以抚养2.4个孩子，拥有稍大点儿的洗衣机和一个不太像狮子狗一样满脸皱褶的老婆。嗯，有些人是那样的。他妈的英格兰。尽管如此，这一切必定会化为乌有。而理发店这种地方肯定首当其冲，伴随而去的是保守的主仆体制、一切做作的交谈、阶级意识与付小费。格雷戈里从不相信小费。他认为这只能强化顺从的社会，对付小费者和得小费者都是一种侮辱。这是社会关系的堕落表现。他反正是付不起小费的。况且呢，他要是给诬陷他是同性恋的园林造型师[1]小费，那真他妈的是活见鬼了！

这帮家伙行将过时。在伦敦，在那些由建筑大师设计的建筑里，人们用时髦的音响系统播放当前最红的上榜曲目，与此同时，某位潮人把你的头发打出层次，让发型与你本人的个性相得益彰。显然，这得花不少钱，不过比这个好多了。难怪这里空空荡荡了。高架上一个噼啪乱响的电木收音机正在播放下午茶舞曲

1　格雷戈里对理发师戏谑的称呼。

之类的玩意儿。他们应该卖些疝气带、外科束腹带和护腿长袜。垄断假体市场。木制的腿，代替断手的钢筋钩。当然，还有假发。为什么理发师不同时卖假发呢？至少牙医卖假牙呀。

这人有多大了？格雷戈里看着他：瘦骨嶙峋，眼里闪着焦虑不安，头发出奇的短，用百利护发霜擦得平平整整。一百四十？格雷戈里猜来猜去。结婚二十七年了，那么：五十了？四十五岁，如果他一出来混就在酒吧里找了她，要是他真有那个胆儿的话。头发已经花白了，阴毛很可能也白了吧。阴毛会变白吗？

美发师结束了修剪篱笆的阶段，粗暴无礼地将剪刀扔进装有消毒粉的杯子里，接着又拿出了另一把，这把更加短小粗壮。咔嚓，咔嚓。头发，皮肤，肉体，鲜血，各个贯通，联系真他妈的紧密。理发师兼外科和牙科医生，过去他们身兼三职，那时候做手术同屠杀并无二致。传统理发师的旋转彩灯柱上那一条条鲜红的色带，代表的就是他们把你弄得鲜血直流时你手臂上缠的那条绷带。他这家理发店的标志也是一只碗，用来盛你流出来的血。现在他们已不干那些了，退化成了专职剪头发的理发师。照料小块园地，戳刺大地而非伸展的前臂。

他仍然想不通艾莉为何要与自己分手。说他占有欲太强，说她跟他在一起像是与他结了婚，有种窒息的感觉。真可笑，他回答说：跟她在一起就像同时跟着一群人一起出去的感觉一样。

哦，我就是这个意思，她说。我爱你，他说，带着一抹突如其来的绝望。这是他第一次对别人说出这句话，而话一出口他就知道自己错了。按理，你是在自我感觉强大而非懦弱的时候才说爱的。如果你爱我，就能理解我，她说。那好，滚吧，好好呼吸去吧，他回敬道。不就是吵了一架吗，不就是傻乎乎地吵了一场混账架吗，仅此而已。不表示任何意思。唯独意味着他们的分手。

"头发上涂点什么吗，先生？"

"什么？"

"头发上涂点什么？"

"不。顺其自然。"

美发师一声长叹，仿佛在过去的二十分钟里他一直都在倒腾自然，而对格雷戈里而言，这一不可或缺的"干扰"行动以失败而告终。

周末在即。刚理的发，干净的衣。还有两个聚会。今晚跟大家合买一桶啤酒。喝他个一醉方休，看看效果如何：这就是我的想法，顺其自然，不折腾。哎哟！不！艾莉。艾莉，艾莉，艾莉……捆住我的手吧。向你伸出我的手腕，艾莉。无论你在哪儿，求你啦。不是为了疗救，而是为了享受。来吧，如果你需要的话。让我纵情享受吧。

"您刚刚是怎么评价婚姻来着？"

"嗯？哦，对于懦夫，它是唯一的冒险。"

"呃，请您允许我也发表一下意见，先生。婚姻对我来说大有裨益。不过我敢肯定您是比我聪明的人，您可是上过大学的。"

"我只是引用了别人的话，"格雷戈里说，"不过我敢保证这位权威比我们两个人都聪明。"

"聪明到不相信上帝了吧，我猜？"

那是，就是那么聪明，格雷戈里想说，确确实实刚好那么聪明。但是什么东西让他欲言又止了。他只敢在一帮怀疑论者面前否定上帝。

"那么，恕我冒昧，先生，他是那种想要结婚的人吗？"

嗯，格雷戈里想了想。没有一位什么什么太太存在，对吗？严格说来，是一帮情妇，他确信。

"不是，像你说的那样，我不认为他是那种想要结婚的人。"

"既然这样，先生，他也许不是这方面的专家吧？"

过去，格雷戈里想，理发店是个臭名昭著的地方，游手好闲之徒云集，互相聊些新闻，鲁特琴和提琴奏着曲子，娱乐顾客。现在这一切又回潮了，至少在伦敦。这里充斥着八卦与音乐，店主是大名见诸报纸社会版的造型设计师。穿着黑毛衣的女孩儿先为你洗头，哇，出去剪头之前都不用在家里洗头了。只要缓缓踱进去，示个意，然后拿本杂志坐定就行了。

婚姻专家拿了面镜子，把他的杰作前前后后展示给格雷戈里看。相当利落的手艺，他不得不承认，两边短，后面长。不像校园里的某些家伙，任自己的毛发同时朝各个方向疯长，马桶刷似的胡子，诡异的英式羊排络腮胡，油浸瀑布发垂在后脑勺，哪一样也不缺！不，稍稍打理一下自然，这是他真正的座右铭。自然与文明间持续争斗，让我们保持警惕。当然了，这跟你如何定义自然和文明有很大关系。这可不是像让你在过中产阶级生活和过野兽般的生活之间做抉择那么简单。它事关……嗯，方方面面啊。他被艾莉猛地刺痛了。先让我流血，然后再为我包扎。如果他把她弄回来，就不再表现出那么强的占有欲了。他只是想以此表达二人的亲密无间，像一对夫妇。她一开始挺喜欢这样的。哦，她没反对过。

他意识到理发师还捧着镜子。

"不错。"他懒懒地说。

镜子脸朝下放了下来，恶心的尼龙袍子被解开了。刷子哗哗哗地沿着领子来来回回。这让他想起一个软腕爵士鼓手。哗哗哗，哗哗哗。人生路还很长，不是吗？

店里没人了，收音机仍然黏糊糊地发出哼哼唧唧的声音，即便在这种情况下，一个压低的声音贴着耳朵提议道："周末没什么安排吗，先生？"

他真想说，有啊，一张去伦敦的火车票，和维达·沙宣[1]约会，一包烧烤香肠，一箱麦芽啤酒，几支百草烟，震得人头皮发麻的音乐，还有一个真正爱我的女人。可是，他压低了自己的声音，回答："请给我来一盒超薄安全套。"

最后还是成了美发师的同谋，他走出理发店，迈入明媚的一天，呼唤周末的开始。

3

出发之前，他去了盥洗室，小心翼翼地沿着伸出的支架移出刮脸镜，把它转到化妆镜的一面，从他的盥洗用具袋里拿出指甲剪。他先是修了修几根床垫弹簧似的枝杈丛出的眉毛，接着微微侧向一旁，从耳朵里长出来的各种东西便都见了光，他略微剪了剪。依稀觉得有些消沉，他向上推着鼻子，检查两个鼻孔。没有长得太夸张的，至少这会儿没有。他把法兰绒布一角弄湿，擦掉耳朵后面的污垢，大面积清扫耳廓，又最后戳了一下蜡滑滑的耳

1　英国籍以色列裔人，全球闻名的发型设计大师、实业家。同时他的名字也作为宝洁旗下著名美发产品的品牌名称。

洞。他定睛观察镜中的自己，只见耳朵被压成了鲜艳的粉红，仿佛他是个受到惊吓的男孩，或是个害怕亲吻的学生娃。

那个用来漂白湿法兰绒布的添加剂叫什么来着？他管它叫耳壳。也许医生给它起过专名吧。耳朵后面会像运动员的脚一样长真菌吗？可能性不大：这地方太干了。哦，或许会长耳壳吧；或许每个人对它都会有自己的叫法，所以其实没必要有学名。

真奇怪，怎么就没人给修枝剪叶的人和园林造型师[1]起个绰号呢？先是叫理发师，后来是美发师。可是他们上次"装饰"头发是什么时候的事儿？"造型设计师"？假时髦。"卷发师"？搞笑吗。他和艾莉之间用的词与之比起来也是半斤八两。"去头发（barnet）[2]店。"他宣布道。头发。巴尼特马匹展销会。毛发（fair）。

"呃，3点，凯莉。"

一只湛蓝湛蓝的指甲在一行铅笔写的大写字母中跟跟跄跄地划着。"好的。格雷戈里？"

他点了点头。他第一次电话预约的时候，被问及姓名时他回答："卡特莱特。"电话那头突然愣住了，没来得及想原因，他便改口说，"卡特莱特先生"。现在他看到了登记簿里自己那上下

1　修枝剪叶的人和园林造型师都是对理发师戏谑的称呼。
2　barnet是头发（fair）的俚语。

颠倒的"格雷戈里"。

"凯莉马上就为您服务。先给您洗头吧。"

这么多年过去了，他仍然，仍然不能轻松转换成洗头时需要的姿势。脊椎大概正传递着刺激信号吧。眼睛半睁半闭，头颈试着去找洗盆的边缘。有种在仰泳而不知道泳池的另一头在何方的感觉。躺在那儿，脖子挂在冰冷的瓷器上，喉咙突出。头朝下，等着断头刀砍下。

一个胖乎乎的女孩儿冲他例行寒暄，从她手上感受不到一丝一毫的关切——"水太热了？""在度假吗？""需要护发素吗？"——她一边问，一边半真半假地用手捂着他的耳朵，防止有水入耳。这么多年来，他在头发店已经养成了一种半开玩笑的顺从。还记得第一次一个脸红的学徒问他是否需要护发素时，他回答："你觉得呢？"认为她对于他头皮的高见会助她做出更明智的决定。若是咬文嚼字，那个叫作"护发素"的东西估计只是改善你头发的生长状况[1]；另外，假如它本身没有有效的答案供选择，那干吗还要提这问题呢？而征求建议往往只会令人困惑，引出保守的回答："随便吧。"因此，他会依自己的即时兴致，要么说"好的"，要么说"今天不要了，谢谢"。当然，也取决于这女孩

1　护发素原文为conditiioner，状况原文为condition。

儿是否有本事不让他耳朵进水。

她小心地半引导地让他回到椅子上，仿佛头上滴里耷拉流水的人就跟盲人差不多了。"想喝茶呢还是咖啡？"

"什么都不喝，谢谢。"

不再是鲁特琴和提琴奏乐，也没见一帮懒汉凑在一起谈天说地。但这里有震耳欲聋的音乐，还可以点杯饮品，还有五花八门的杂志。《晨号》和《花絮》都去哪儿了？他坐在橡胶坐垫上扭来扭去时那些老头儿挺喜欢读那两本杂志的。他拿起一本《嘉人》[1]，一本女性杂志，被别人看到在读这个也无伤大雅。

"嘿，格雷戈里，最近可好？"

"不错。你呢？"

"没什么可抱怨的。"

"凯莉，新发型不错啊。"

"哇。旧的看厌了，你懂的。"

"我喜欢哦。看上去真不错，挺垂顺。你喜欢吗？"

"还行吧。"

"哦不，很成功嘛。"

她莞尔一笑。他也回了一个微笑。他也会来这个，顾客与店

1 法国著名时尚杂志。

员之间相互戏谑，半真半假。他花了整整二十五年才学得对了味儿。

"那么您今天过得怎样？"

他抬起头，从镜子里看着她，高个子姑娘，齐短发，他真心不喜欢。他觉得这发型让她的脸太过于棱角分明。不过他又懂什么？他连自己的发型都不关心。凯莉真是善解人意，她立刻领会到格雷戈里并不想让人问起他的假期。

他没有马上回答，她说："先给您润洗一下，跟上次剪的一样？"

"好主意。"跟上次一模一样，下次也一样，下下次也不变。

美发店笼罩在混杂的气氛中，宛若一个欢欢喜喜的门诊部，大家都无大碍。尽管这样，他也能应付自如。如今，社交恐惧症已烟消云散。他又成熟了点儿。"那么，格雷戈里·卡特莱特，回顾一下你迄今为止的人生吧。""哦，我现在已经不再害怕宗教和理发师了。"他从没加入过十字军，不管他们到底是干什么的。读中学和大学时，他总是躲避目光热切的福音传道者。而现在，每当礼拜天早上门铃响起的时候，他就知道该如何应对了。

"'上帝'来了，"他对艾莉说，"让我来。"台阶上，一对穿着得体、讲究礼节的夫妇站在那儿，他们中通常有一位是黑人，有时候还会带着个可人的小娃儿，说着用脚指头都能想到的开场白："我们正挨家挨户巡访，询问大家是否担忧当今的世界状况。"回应这番话的诀窍在于，不要老老实实地说"是"，也不要抛出一个沾沾自喜的"不"。因为这样一来，他们总能给自己找到台阶下。于是他会露出一个家长式的微笑，单刀直入："宗教吗？"面对他犀利的直觉，他们弄不清楚究竟是"是"还是"不是"才是合适的回答，趁这当儿他送上了一句尖刻辛辣的"祝您在下一家有好运"，以此结束这场邂逅。

实际上，他很喜欢洗头的感觉；通常都喜欢。剩下的部分对他来说只是个过程而已。他在肉体接触中享受着极致快感，肉体接触如今就是一切。不经意间，凯莉会把臀靠在他的上臂，抑或身体其他部位轻轻擦过他的身体；她穿衣从来都不是很正式。以前，他一直觉得这些都是他的专属待遇，而且深深感激那个下垂的布单子遮住了他的大腿。如今，这丝毫不会打扰他看《嘉人》。

凯莉正在跟他讲自己是如何在迈阿密申请到了一份工作。那是一份游轮上的工作。出海五天、一周，或是十天，接着便可以上岸休假，花掉你挣来的钱。她说那时她在那儿有个女朋友。听起来蛮有趣的。

"好爽，"他说，"什么时候不干了？"他想：迈阿密治安太乱，不是吗？枪击事件。古巴人。各种犯罪。还有李·哈维·奥斯瓦尔德[1]。她在那儿安全吗？游轮上有性骚扰吗？她是个长相不错的女孩儿。哦，对不起，嘉人，我的意思是女人。但是某种意义上是个女孩儿，竟能激起他这样的人产生一些为人父母般的担心。他这样的人：回家，上班，剪头发。他的人生，他承认，是一场漫长而怯懦的冒险。

"你多大了？"

"二十七。"凯莉说，这仿佛是青春的尽头了。再不立即行动，她的人生就将遭受永远的伤害。再过几周时间，她便和发廊那头那个满头卷发筒的老婆娘别无二致了。

"我有个跟你差不多大的女儿。嗯，她二十五了。我想说，我们还有一个。共有两个女儿。"他有些语无伦次。

"那么您结婚多久了？"凯莉问道，语气中带着一副准数学式的讶异。

格雷戈里抬眼望着镜子里的她。"二十八年了。"想到一个人的婚龄竟然与自己活在这世上的时间一样长，她不禁嘻嘻笑了起来。

"老大已经离家，当然啰，"他说，"不过我们还有珍妮陪着。"

1　此人被认为是肯尼迪遇刺案的主凶。

"挺好的。"凯莉说，可是他看得出她对这个话题已然没了兴致。尤其是对他，深感无聊。不过是另一个老家伙，长着稀稀疏疏的头发，用不了多久他就得越发仔细地梳理了。还我迈阿密；快!

他害怕性爱。这是真的。他已不再懂得它对他有什么用了。做爱的时候他很享受。他想了想，觉得今后的日子里，这会渐渐地越来越少，到了某一天，他就不会再做爱了。不过，这倒不是让他感到害怕的地方。也跟那些恐怖的细节无关，那些写进杂志里的细节。他年轻的时候，也有过自己的恐怖细节。当初，他站在浴室里，艾莉把他的鸡巴含在她嘴里，那一切显得如此明晰而大胆。那一切不言自明，真真切切，理所当然。现在，他怀疑自己是否一直以来都做错了。他不知道做爱是为了什么。他觉得别人也不懂，可是想到这儿他依然没能感到释怀。他想大声号叫。他想对着镜子号叫，看着自己号叫的模样。

凯莉的臀部碰着他的手臂，不是臀的边缘，而是内侧。至少他知道了一个他当年年轻时不知道的答案：是的，阴毛是会变白的。

他并不对小费犯愁。他有一张二十英镑的钞票。十七镑是理发的钱，一镑给洗发姑娘，两镑给凯莉。他还多带了一镑，万一他们涨价呢。他发现，自己就是那种人。那种兜里会装着应急硬币的人。

此时，凯莉剪完了头发，站在他正后面。她的乳房出现在他头的两侧。她把格雷戈里的两鬓夹在大拇指跟其他手指之间，脸转向了别处。这是她的小把戏。她告诉他，每个人的脸都有些不对称，所以，如果你用眼睛去判断，总会得出错误的结论。她靠感觉衡量，脸朝着收银台，朝着外面的街道，朝着迈阿密。

满意了，她拿起吹风机，用手指选了个"蓬松效果"的挡，这种效果可以持续到晚上。之前她一直在机械工作，现在大概在盘算着是否能在下一个湿漉漉的头朝她过来之前跑出去抽支烟。于是她每次都会忘记去拿镜子。

几年前他有过一次壮举。对他妈的镜子专政地反抗。前面，后面。四十多年来，每当他去理发店、美发厅或头发店，无论他有没有看清那是不是自己的后脑勺，他总会温顺地表示满意。他笑着点头，望着他点头的动作在倾斜的玻璃上再现，然后用言辞表达："不错"或是"现在清爽多了"或是"没错儿，就这样"或是"谢谢"。即使他们在他的后脑勺上剪出一个纳粹标志，他多半也会赞许。可是有一天，他想，不，我不想再看后脑勺了。如果前面好好的，后面也会没问题。这不是狂妄，对吧？不是，逻辑上很行得通呢。他为自己的独创精神感到无比自豪。当然啦，凯莉总是忘了拿镜子，不过这没关系。实际上这反而更好，这意味着他那怯懦的胜利每次都会重演。这会儿，她朝他走过来，心却飘向了迈阿密，镜子在空中晃荡，他举起手，脸上挂着那惯常、宽容的微笑：

"不了。"

马茨·伊斯拉埃尔松的故事

教堂内有个三十年战争[1]期间从德国带回来的石雕圣坛，前面立着一排共六个马厩。这些马厩全由白杉木雕刻而成，在小镇十字路口不远的地方风干，未加装饰，甚至连个标记都没有，但它们的简朴和表面看来人皆可用是有欺骗性的。在所有来教堂的人的心目中，不论他是骑马来的还是步行来的，那些马厩从左到右编为一到六号，分属于这附近最有权势的六位重要人士。要是哪个外乡人天真地以为自己有权利把马拴在那儿，去中央酒店[2]享用Brannvinsbord[3]，结果他会发现自家的牲口正在码头边晃荡，凝望远处的湖面呢。

1　又称"宗教战争"，1618—1648年哈布斯堡王朝同盟和反哈布斯堡王朝同盟两个庞大的强国集团为争夺欧洲霸权而进行的第一次全欧性战争。

2　瑞典一家著名的酒店，始建于1968年。

3　瑞典语，瑞典特色的自助式酒餐，客人用餐时站立桌前，桌上有白兰地和各式菜肴供自取享用。

每个马厩归谁，都是个人选择的结果，形式包括赠予契约、遗嘱或是文书明证。然而，虽说在教堂里面，一些长椅预留给某几个家族，代代相传，无论后代德行如何。而在外面，道德价值发挥着作用。老爷子也许一心把自己的马厩传给大儿子，但如果那小子没把这当回事儿，父亲脸上就挂不住了。哈尔瓦·伯里格伦嗜酒如命，举止轻浮，还是个无神论者。他曾要把第三个马厩的所有权转给一个走街串巷的磨刀工，当时人们非议的，不是那个磨刀的，反而是伯里格伦。后来给了那个磨刀的点儿钱，另选了一个更适合的人。

第四个马厩奖给了安德斯·博登，这也是意料之中的事。作为锯木厂的老总，他是出了名的工作勤恳，稳重得体，还特别顾家。虽说不是虔诚的教徒，他却很乐善好施。有一年秋天，打猎战果不错，他就用木头碎屑填满一个锯木坑，上面放了个铁架子，烤了一只鹿，分给工匠们吃。虽说不是土生土长的本地人，他却以陪同游客参观为己任，坚持带他们爬教堂旁边的钟楼。安德斯总是一只胳膊搭在大钟上，指着远处的砖砌建筑，再远一点的聋哑人收容所，还有视线尽头的1520年瑞典国王古斯塔夫斯·瓦萨讲话遗址纪念雕塑。他魁梧健壮，留着络腮胡，是个很富有激情的人，甚至会建议来一次朝圣之旅，去霍克伯格山参观近来刚刚安放的为纪念约翰内斯·斯蒂恩博克法官的大石头。远处，一艘汽船掠过湖面；山脚下，他的马儿等在马厩，扬扬自得。

有谣传说安德斯·博登花过多时间陪游客，因为这样他就可以晚点回家；还不止一次听说他第一次向耶特鲁德求婚时，她当面把他嘲弄了一番，而且是在跟一个叫马克柳斯的小伙子吹了以后才开始发现安德斯的好的；大家还猜想耶特鲁德的父亲找到安德斯，劝他重提求婚的时候，他俩之间的谈判并不简单。本来叫安德斯这样一个锯木厂的经理去追求像耶特鲁德这样才华横溢、充满艺术细胞的女人，就让他感觉有点门不当户不对，怎么说耶特鲁德也是跟舍格伦[1]合作过钢琴二重奏的。但就小道消息来看，这桩婚事还是蛮称心的，虽说有那么几次耶特鲁德在公共场合说安德斯很无趣。他们有两个孩子，之所以没再要，也是因为给博登夫人接生的专家建议他们不要再生的。

药剂师阿克塞尔·林德瓦尔及夫人巴尔布鲁来镇上的时候，安德斯·博登带他们去了钟楼，还陪着去了霍克伯格山。回家以后，耶特鲁德就讽刺他说怎么不戴上瑞典旅行联合会的徽章。

"因为我不是会员。"

"他们真应该吸收你为荣誉会员。"她回答道。

对于妻子的冷嘲热讽，安德斯自有一套装迂腐的办法：假装

---

1 埃米尔·舍格伦（Emil Sjögren，1853—1918），19世纪瑞典作曲家，擅长艺术歌曲和钢琴曲。

听不懂弦外之音。这会让她更不爽，对他来说却是必要的防护举措。

"他们夫妻看起来挺友善的。"他漠然说道。

"谁你都喜欢。"

"没，亲爱的，不是那样的。"他的意思是，比如说，此时此刻他就不喜欢她。

"你对木头比对人都挑剔。"

"亲爱的，木头每根儿可都是不一样的。"

林德瓦尔夫妇的到来，在小镇上也没引起特别关注。那些去阿克塞尔·林德瓦尔那儿寻求专业咨询的人发现他是个典型的药剂师：慢条斯理，一脸严肃，一边宣称什么病都关乎性命，一边又断言说都是可以医治的。他身材矮小，头发浅黄，有谣传赌他会发福。对林德瓦尔夫人的评论相对较少，相貌既没有美得惊艳，也不是毫无姿色，着装既没有粗俗不堪，也不算高贵典雅，为人处世既没有乱出风头，也不是消极遁世。她只是一个新妇，因此她需要等着熬出头。由于初来乍到，林德瓦尔夫妇独来独往，显然没什么不妥，另外他们还会定期去教堂，这就更无可厚非了。有谣传说，阿克塞尔第一次领着巴尔布鲁去他们夏天买的游艇玩的时候，她很紧张地问道："阿克塞尔，你确定这湖里没鲨鱼吗？"不过谣言也没法儿确定林德瓦尔夫人到底是不是在开玩笑。

每隔两个礼拜的周二，安德斯·博登都会开汽船去查看木材风干棚。当时他正站在头等舱的栏杆旁边，才发现自己身边站了一个人。

"林德瓦尔夫人，"话刚出口，就想起他妻子的话，"她的下巴还没松鼠的大呢。"想到这里，安德斯觉得很尴尬，就把视线转向湖岸线，说道，"那边是砖砌建筑。"

"是的。"

过了一会儿，他又说："那是聋哑人收容所。"

"是的。"

"嗯，没错。"他意识到自己在钟楼上就已经指给她看过这些了。

她戴了一顶草帽，上面有一条蓝色缎带装饰。

两周以后，她又一次出现在汽船上。她有个姐姐就住在比赖特维克稍远一点的地方。他试着让自己看起来风趣一点，向她询问他们夫妇有没有参观丹麦人囚禁古斯塔夫斯的地牢，还向她解释了不同季节森林颜色和纹路的不同，还有即便远在船上，他如何判断那些树木是怎么被处理的，而其他人看到的估计仅仅是一大片树林。她顺着他指的方向礼貌地看过去。在侧面看来，她的下巴也许确实只是有点突出，鼻尖还会奇怪地动。他意识到自己从来就不会跟女人讲话，而在这之前他从来就没在意过这点。

"不好意思，我妻子说我应该戴上瑞典旅行联合会的徽章。"他说道。

"我喜欢听一个男人告诉我他知道的事情。"林德瓦尔夫人回答道。

她这话让他疑惑。这是对耶特鲁德的批评，对他的鼓励，还是仅仅是陈述一下事实？

那天晚饭的时候，他妻子问道："你跟林德瓦尔夫人谈论了些什么？"

他不知道该回答什么，或者说他不知道该如何回答。但跟往常一样，他还是求助于最简单的字面意思，故作镇定地说道："森林。我跟她解释了一些森林的事情。"

"她感兴趣吗？我的意思是，对森林。"

"她是在城市里长大的，来这儿之前，从来没见过那么多的树。"

"嗯，这里树实在是多得不得了，是吧，安德斯？"耶特鲁德说道。

他想说：你从来也没像她那样对树那么感兴趣过。他想说：你对她相貌的评价太苛刻了。他想说：谁看见我跟她说话了？但他什么也没说。

接下来的两个星期，他发现自己想到巴尔布鲁这个名字时，心头总有一丝甜蜜，而且感觉这名字叫起来也比其他名字温婉悦耳。他还发现一想到草帽上一圈儿蓝色缎带，心情就会愉悦起来。

星期二早上，他出门的时候，耶特鲁德叮嘱他说："替我向林德瓦尔夫人问好。"

他突然想说："万一我爱上她了怎么办？"不过，他回了一句："要是我见到她的话。"

在船上，他差点儿都顾不了正常的社交礼貌了。还没开船，他就开始跟她讲自己所知道的东西。他讲了木材的生长、运输和砍伐，解释了弦锯和径锯，还解释了树干的三个部分：树心、心材和边材。成熟的树干里，心材成分最大，边材既坚硬又富有弹性。"树就跟人一样，"他说，"同样需要六七十年才能成熟，同样百年之后就没用了。"

他还告诉她有一次在伯格斯弗森，上面是一座铁桥，下面是湍急的流水，他看到有四百个男的试图截住浮出水面的木材，并且按照主人不同对那些木材分类整理。像个饱经世故的男人一样，他向她解释了不同的木材标记体系。瑞典木材用红色蜡纸标记，劣质木材用蓝色。挪威木材会在首尾两端同时用蓝色蜡纸标记，并带有货主的名字缩写。普鲁士的木材会在中间一段作标记。俄国的木材要么是有风干印花，要么是两边有捶打记号。加拿大木材用黑白蜡纸标记。美国木材则会在两侧用红色粉笔标记。

"这些你都见过吗？"她问道。他承认说没见过北美木材，只是在书上读到过。

"所以每个人都认识自己的木材喽？"她问道。

"当然。要不然肯定会有人偷别人的木材的。"他不确定她是不是在嘲笑他——又或者是，嘲笑天底下所有的男人。

突然，岸边划过一道闪光，这一闪使得她把视线移离对岸，回头看着他。这样一来，她的面部特征一下子和谐起来：小小的下巴让嘴唇看起来特别显眼，她的鼻尖，还有那大大的蓝绿色眼睛……那种感觉无法描述，甚至都无法赞美。他自感聪明，因为在她眼中看到了疑惑。

"那儿有个观景楼。可能有人拿着小望远镜在那边。有人在监视我们。"说"监视"这两个字时，他感觉自己都没底气了。这听起来一点儿不像他应该说的话。

"为什么监视我们？"

他不知道该怎么回答，朝着海岸望过去，观景楼那边又闪了一下。为了缓解尴尬气氛，他跟她讲了马茨·伊斯拉埃尔松的故事，但他讲的顺序不对，语速又太快，似乎并没有引起她的兴致。事实上，她甚至都没意识到那故事是真的。

　　"不好意思，"她说道，可能是感觉到了他的失望，"我没什么想象力的。我只对实实在在发生的事情感兴趣。在我看来，传奇故事……有点傻。我们国家传奇太多了。阿克塞尔也因为这个数落我，他说这是对国家的不敬，再者说了人家也会说闲话的，说我是那种现代女人。但实际上，什么都不是。问题在于我缺乏想象力。"

　　安德斯发现这段突如其来的演讲竟起到了平复心情的作用，就好像她在给他当导游一样。看着对面岸边，他跟她讲了自己有一次参观法伦一座铜矿的事，说的都是实实在在发生过的事情。他说那座铜矿是当时世界第二大铜矿，仅次于苏必利尔湖铜矿；它早在13世纪就开始运行；铜矿的入口旁是一个被称作"地震"的塌陷区，这个塌陷区形成于17世纪；这里最深的矿井有1300英尺深；现在矿井的年产量是400吨铜，此外还有少量金银；若想进去就得花两块里克斯[1]，枪弹另计。

1　原瑞典银币。

"枪弹另计？"

"嗯。"

"要枪弹干吗用？"

"用来听回声的。"

他告诉她游客一般都会在法伦事先打电话给铜矿，告知行程。铜矿那边则会发给他们矿工服，并派一名矿工随行。下井的时候，台阶边有火把照明，前提是得交两块钱。这个他已经讲过了。他注意到，她的眉毛画得很浓，比头发都黑。

"我想去法伦看看。"她说。

那天晚上，他感觉到耶特鲁德不大高兴。最终，她说："丈夫跟情人私会，在老婆面前就得谨小慎微。"每个字听来都像钟楼的钟声一样响亮。

他就那么看着她。她又继续道："你还真天真，至少这点我应该庆幸。其他男人至少会等到船驶离码头才开始卿卿我我。"

"你误会了。"他说。

"我爸要不是商人，肯定会毙了你。"她回应道。

"那你父亲应该庆幸阿尔弗雷德松夫人那个在赖特维克的教堂后面开糕点房的丈夫同样也是这样一个商人。"他感觉到这句话过长，但不失效果。

那天晚上，安德斯·博登把他老婆所有骂他的话都一一列举下来，整齐排列，就跟排列木头堆似的。他想，这些事儿她既然能信，那也就有可能发生。安德斯除了不想要什么情妇，也不想给糕点房里某个女人买礼物，或是跟一大帮男人抽雪茄时，有个女人好让他吹嘘。他想：当然，现在我明白了，事实是从我第一次在汽船上看到她，我就爱上她了。要不是耶特鲁德帮忙，我自己还不会这么快就知道这一点呢。我从来没想过，她的冷嘲热讽竟然也有用；可是这次的确如此。

在接下来的两周，他不允许自己做白日梦。他也不需要再做梦了，因为一切都清晰、真实、明确了起来。他每天去工作，得空就想想她对马茨·伊斯拉埃尔松的故事不感冒的事儿。她从一开始就认定那只是个传说。他也清楚自己故事讲得也不怎么样。所以他就开始练习，就好像学生学诗一样。他想再给她讲一遍，而这次，仅仅从他讲故事的方式，就要让她知道那故事是真的。讲故事本身并花不了多长时间，但重要的是，他要学会像讲那次铜矿之行一样讲这个故事。

1719年，他开始讲了，担心这么个遥远古老的时间会让她觉得无聊，但又确信这样才有可信度。站在码头上等着汽船返航，他正式开始讲。1719年，法伦铜矿发现了一具尸体。死者，他看着对岸，继续说道，是一个年轻人，名叫马茨·伊斯拉埃尔松。他早在四十九年前就死了，尸体保存得非常好，他告诉在汽船上方闹哄哄地盘旋的海鸥。接着他又详细解释原因，之所以能保存得这么好，在于硫酸铜阻止了尸体分解变质，就好像那些观景楼、聋哑人收容所，还有砖石建筑真的是他的听众似的。人们知道死者叫马茨·伊斯拉埃尔松，他又对着码头那边忙着拉绳子的码头工人嘟哝，因为有个老太婆认出了他。四十九年前，他最后说，这次压低了声音，有一个无眠之夜，热气氤氲，风吹帘动，旁边妻子轻轻打着鼾，四十九年前，马茨·伊斯拉埃尔松失踪了，而那个老太婆，当时和他一样年轻，正是他的未婚妻。

他记得当时她面对他的样子，手搭在栏杆上，方便看到结婚戒指，然后说了一句，简简单单地："我想去法伦看看。"他想象着其他女人会说"人家超想去斯德哥尔摩"或者"人家晚上总是梦到威尼斯"。那些女人都是穿着皮大衣难伺候的城里女人，除了脱帽表示敬意，她们对其他的才没兴趣呢。但她说："我想去法伦看看。"言简意赅，却让他无从作答。他练习着同样言简意赅的回答："我愿意带你去。"

他确信，只要自己能把马茨·伊斯拉埃尔松讲好，她必然会再说一遍："我想去法伦看看。"到那时，他便可以回答："我愿意带你去。"这样一切就尘埃落定了。因此，他不断练习讲那个故事，直到确信找到了一种能取悦她的方式：简单，确凿，真实。一出发十分钟他就要讲给她听，连地方都想好了，就在头等舱外面的栏杆旁边。

快到码头时他又最后练习了一遍那个故事。那是六月的第一个星期二。日期必须做到精确。以1719年开始，并以我们这个时代，1898年6月的第一个星期二结束。天气晴朗，湖水澄清，海鸥也很安静很知趣，小镇后面山上漫山遍野的都是树，笔直笔直的，就像刚正不阿、诚信老实的人一样。她却没来。

谣传说林德瓦尔夫人对安德斯·博登爽约了，还暗示说他们吵架了，但后来又传出来说他俩决定隐瞒此事。还有人好奇八卦说一个锯木厂的经理，有幸能娶到拥有一架德国进口钢琴的女人当老婆，真的会把一个姿色平平的药剂师的老婆看在眼里吗？还真有人回应说安德斯·博登从来就是个土老帽，头发里老是带着锯末，他只是想找个跟自己是一路人的女人，就像所有土老帽一样。又有人添油加醋地说自从博登家生了第二胎，夫妻关系就名存实亡了。也有那么一小段时间，有人怀疑这些是不是都只是人们瞎猜，但最后还是坚持认为：什么事情都不是空穴来风，最糟糕的解释往往就是最安全，也是最真实的解释。

后来听说林德瓦尔夫人那天之所以没去拜访她姐姐，是因为怀了林德瓦尔家的第一个孩子。至此，谣言才算暂时消散，或者说至少平息下来。又有人说，这次突然怀孕，算是帮了巴尔布鲁一把，她的名声可已经是岌岌可危了。

事情就这样了，安德斯·博登这么想。一扇门打开了，你还没来得及走进去，它就关上了。人控制不了自己的命运，就像用红蜡纸标记过的木材被带着细长杆的工人扔回湍急的流水中一样。也许他真的是谣传说的那样：一个土老帽，走运才娶到了一个曾经跟舍格伦一起表演过二重奏的女人。但如果真的是这样，他意识到他的人生，从现在开始，将不会有任何变化，他自己也同样如此。从现在，不，从上周差点儿发生，本可以发生的那一刻起，一直一直，冷若冰霜，保守封闭。从此以后，偌大的世界，什么也不能阻止他心如死灰，妻子不能，教堂不能，朋友也不能。

直到意识到从此之后要跟她老公过一辈子，巴尔布鲁才确信自己对安德斯·博登的感觉。先是小乌尔夫，然后一年后卡琳又出生了。阿克塞尔对孩子们宠爱有加，她自己也是。也许她该知足了。姐姐搬到了遥远的北方，那里盛产黄莓，每季都会送她好多罐黄莓酱。夏天的时候，她和阿克塞尔会去湖上划船。他胖了很多，这也是意料之中的事。孩子们也长大了。有一年春天，锯木厂有个工人，在汽船前面游泳，被碾了过去，周围的水都被染成了红色，就跟遭遇鲨鱼袭击了似的。船上前甲板上有个游客赌誓说直到最后一刻，那个人都游得很淡定。有人振振有词说曾看见受害者的老婆在小树林里幽会他的一个工友，还有人添油加醋说他是喝高了，跟人打赌说可以游过船头。验尸官判定说他肯定是被水流震聋了，死亡原因系不幸意外。

巴尔布鲁肯定会这么说，我们不过是马厩中的马，马厩虽说没有标记，但即便如此我们也知道自己几斤几两。一切都是命中注定的，老天爷让你怎么活就该怎么活。

他要是在我之前了解我的心意该多好啊！我不会跟男的那样讲话，也不会那样听他们说话，更不会那么看着他们的脸。他怎么就是不明白我的心意呢？

那之后他们再见对方，是去教堂做完礼拜后在湖边散步时碰到的，那时彼此身边都有另一半陪着。一见面没过十分钟，她就感到一阵恶心，当时想到自己怀有身孕，还松了一口气，要不这恶心就来得不明不白，有点蹊跷了。她往草丛里呕吐的时候，唯一能想到的就是，扶着她的那双手属于一个不对的人。

她要确保自己永远不单独见安德斯·博登。有一次，她瞥见安德斯在她前面准备上船，就又折回码头那边去了。在教堂，她有时候会瞄见他的后脑勺，然后就想象着此刻他们单独在一起耳语。出门的话，她会确保有阿克塞尔陪同；在家呢，又跟孩子黏在一起。有一次，阿克塞尔提议说邀请博登夫妇来喝咖啡，她回答说博登夫人一定想喝马德拉葡萄酒、吃松糕呢，而且就算你把那些东西给她弄来了，她也会一副趾高气扬的样子看着他们夫妇俩，两个新来乍到的人。于是这个提议就此作罢，之后再也没提过。

她不知道该怎么看待所发生的事。没人可以给她建议。她想到了一些类似的案例，但那些例子都声名狼藉，而且似乎跟她的情况也没什么关系。对于持续不断、无法言说、需要默默承受的痛苦，她毫无准备。有一年，她姐姐送的黄莓酱来时，她看了看那罐子，那玻璃壁，那金属盖子，那圈棉布，那手写的便条，还有上面的日期——日期！——以及所有这一切的原因，也就是那些黄莓酱。她暗自想道：这就是我对自己的心所干的好事。每年，当黄莓酱罐子从北方来的时候，她都这么想。

一开始，安德斯还继续轻声细语地讲着他知道的事给她听。有时候他是导游，有时候又成了锯木厂经理。比如说，他本可以跟她讲讲木材的缺陷。"弧裂"指的是树木内部两圈年轮之间的自然开裂；"星裂"指的是龟裂朝不同方向扩展开来；"心裂"一般发生在老树里，裂缝从树心朝周围延展。

随后的几年中，每当耶特鲁德数落他的时候，每当喝多了的时候，每当别人表面对他很礼貌，眼神之间却告诉他他真的变成了一个讨厌鬼的时候，每当湖面结冰，可以举办赖特维克溜冰比赛的时候，当他家姑娘从教堂回来，已身为人妻，他从她眼中看到空中楼阁般的希望的时候，当漫漫长夜开始，他感觉到自己心门紧闭进入冬眠的时候，当他的马突然停下来，因为它能感觉到却看不到的什么而发抖的时候，当老汽船有一年冬天被停在船坞又重新漆色的时候，当他特隆赫姆[1]的朋友请他带着参观法伦的铜矿，他也答应了，却在出发前一小时发现自己躲在卫生间，手指在喉咙里乱抠，想要使自己快点吐出来的时候，当汽船带着他驶过聋哑人收容所的时候，当小镇已是物是人非的时候，当小镇年复一年万年不变的时候，当海鸥离开了码头上的巢儿，转而飞到他脑袋里鸣叫的时候，当他有一次在风干棚无聊，从一堆木材里抽了一根儿从而导致左手食指第二个关节处截肢的时候——这些时候，以及其他很多时候，他都会想到马茨·伊斯拉埃尔松。随着时间流逝，在他心目中，马茨·伊斯拉埃尔松的故事已经从用来博美人芳心的清晰事实变成了一个更加模糊却又强大的概念。也许，变成了一个传奇——正是她不感兴趣的事情。

1　挪威中部港市。

她曾说过："我想去法伦看看。"而他只要回答说"我愿意带你去"就好了。也许，假设她真的像他想象中那些女人一样，嗲声嗲气地说"人家超想去斯德哥尔摩"或是"人家晚上总是梦到威尼斯"，他便会不顾一切，买了第二天早上的火车票，跟她一起制造一桩丑闻，几个月以后，借着酒劲回家求情辩解。但他不是那样的人，同样，她也不是。"我想去法伦看看"可比"人家晚上总是梦到威尼斯"有杀伤力多了。

　　多年过去了，孩子们也都长大了，巴尔布鲁·林德瓦尔时不时会感到有一阵可怕的焦虑袭来：担心她家姑娘嫁给博登家的小子。她觉得，那应该是世界上最残酷的惩罚了。不过最后，卡琳对布·维坎德情有独钟，而且任凭别人怎么开她玩笑都雷打不动。很快，所有博登和林德瓦尔家的孩子都结婚了。阿克塞尔也发福了，在药店里总是一边气喘吁吁，一边暗地里担心他会不会不小心开错药毒死病人。耶特鲁德·博登头发都白了，而且因为癫痫，只有一只手能弹钢琴。巴尔布鲁一开始还辛辛苦苦拔白头发，后来干脆染了。要说她有什么值得揶揄的小瑕疵的话，那就是她得靠塑形衣的帮助才能保持身材。

　　一天下午，阿克塞尔对她说："你有一封信。"他说这话的时候，完全没什么感情色彩，只是把信递给了她。信封上的字体很生疏，邮戳来自法伦。

"亲爱的林德瓦尔夫人，我现在住在法伦的医院。有件事情我很想跟您讨论一下。不知您哪个周三是否方便来看看我？安德斯·博登敬上。"

她把信交给他，看着他把信读了一遍。

"你怎么想？"他问道。

"我想去法伦看看。"

"当然了。"他的意思是：你当然想去了，谣言一直就说你是他的情妇。我一直都不确定，但其实我早该猜到了，你突然变得性情冷淡，而且这么多年来一直魂不守舍，就是因为这个。当然，当然。但她只听到了一句：你当然必须得去了。

"谢谢，我想坐火车去。可能要在那边过夜。"她说。

"当然了。"

安德斯·博登躺在床上考虑着该说些什么。这么多年——确切地说，二十三年——过去了，他们终于看到了彼此的字。这种交流，这种对彼此的惊鸿一瞥，犹如香吻一样甜蜜贴心。她的字很小很干净，属于学校里教出来的那种，而且从字体里看不出一点苍老的痕迹。有那么一小会儿，他想到了他可能从她那里收到的好多好多信。

一开始，他想着要不就把马茨·伊斯拉埃尔松的故事再给她讲一遍，这次他肯定能完美呈现。这样她就会明白，懂得一切。又或者她会吗？仅仅因为这故事日复一日地陪了他二十多年，并不代表她对它有任何印象。这样，她就可能觉得这不过是个恶作剧，是场游戏，事情便会急转而下。

　　但很重要的一点就是不能告诉她他将不久于人世。这会让她有负担，而这是不公平的。更糟的是，出于同情心，她可能会改变主意。和她一样，他要的也是事实，而非传奇。他告诉护理人员说有个可爱的表妹要来看望他，但她心脏太脆弱了，所以千万不能把他的实际状况告诉她。他还让护士给他刮了刮胡子，理了理头发。等他们走了，他又弄了点牙粉，还把他那残疾的手藏在床单下面。

　　信来的时候，在她看来，似乎有点直言不讳，就算不是直言不讳，最起码也有点不容辩驳。因为二十三年来，这是他头一次有求于她，因为这个，她丈夫就必须得答应她，毕竟，这么多年来她从来没有做过对不起他的事。他确实也答应了她，不过从那一刻起，事情就变得说不清道不明了。这次出门她该穿什么呢？这样的场合，既非旅行，又非参加葬礼，似乎没什么合适的衣服穿。在车站，检票员还重复了一遍"法伦"，站长又盯着她的旅行箱看了半天。她感到无比脆弱，要有谁轻轻碰她一下，她定会开始跟人家解释她这一辈子，她此行的目的，还有她的德行。

"我要去见一个不久于人世的朋友。"她估计会这么说，"毫无疑问，他肯定有什么最后的话想跟我说。"肯定是这样，他要死了，不是吗？要不他没道理这么做，要不早在孩子们都长大成家的时候，早在阿克塞尔和我的婚姻名存实亡的时候，他就这么做了。

她在市场附近的斯特德旅店住了下来，又一次感觉到店员打量着她的旅行箱看，还想打探她的婚姻状况和出行目的。

"我是来看一个住院的朋友的。"没人问，她自己就说了。

来到房间，她盯着环形铁床架、床垫还有崭新的衣橱看了好大一会儿。她之前从来没有自己一个人住过旅馆。她意识到这种地方是女人，确切地说，某些女人来的地方。她现在就能想象到谣言会怎么说她，一个女人家自己一个人住在旅馆。出人意料的是阿克塞尔竟然让她来了，而安德斯·博登什么也不解释就召见她，也够让人意外的。

她内心的脆弱伪装成了愤怒。她到底到这儿干吗来了？他到底想让她怎么样？她想到了之前读过的一些书，那些需要背着阿克塞尔看的书。在书中，旅馆房间的情景都是隐晦处理，不言自明的；在书中，恋人会一起逃到天涯海角，但从没有其中一方躺在医院的情形；在书中，有一些温暖人心的临终前婚礼，但前提是双方都是自由身。这么看来，到底会发生什么事呢？"有件事情我很想跟你讨论一下。"讨论？她，早已人过中年，带了一罐黄莓酱去看望一个只有一点点交情的男人，而且这交情还是二十三年前的事了。说起来，这事能不能有点意义全要看他的了。毕竟他是男人，对她来说，大老远跑来就已经仁至义尽了。这么多年来她一直是个守妇道、受尊敬的女人，可不是浪得虚名的。

"你瘦了。"

"他们说我瘦点好。"他笑着说。虽然他说的是"他们"，但很显然，他指的是"我妻子"。

"博登夫人呢？"

"她别的时候来。"这话在医院职工看来，意思很明白。噢，他老婆在这几天来看他，等他老婆一转身，"她"就来了。

"我以为你病得很严重呢。"

"没有，没有。"他兴高采烈地回答。她看起来很紧张的样子——不得不说，她眼睛一跳一跳的，很紧张，像只小松鼠。他必须安抚她，宽慰她。"我没事的，没事的。"

"我以为……"她停了一下。不行，他俩之间的事必须得说明白。"我以为你要死了。"

"我会像霍克伯格山上的杉树一样长命百岁的。"

他坐在那边咧着嘴笑。胡子刚刚刮过，头发也梳得很有型，他活得好好的，妻子也不在身边。她静静地等着。

"那是克里斯蒂娜大教堂的屋顶。"

她转过身，走到窗户旁边，看着对面的教堂。乌尔夫小时候，要想让他分享个秘密，她就必须转过身背对着他。也许安德斯·博登此刻需要的正是这个。因此，她看着教堂的铜屋顶在阳光下熠熠生辉，静静地等着。毕竟，他才是男人。

她这一沉默不语，背对转身，他就有点慌了。这可不是他计划的样子。他甚至都没能像过去一样，随意亲切地称呼她巴尔布鲁。她以前说过什么来着？"我喜欢听一个男人告诉我他知道的事情。"

"那座教堂是在19世纪中期建造的，"他开始讲了，"不过我不确定具体是什么时候。"她没有回应。"屋顶是用当地铜矿里开采的铜造的。"仍然没有回应。"但我不清楚屋顶是跟教堂同时造的，还是后来加上去的。我打算弄清楚。"他又加了最后这句，想让自己听起来意图明确。她仍旧没有反应。他唯一能听到的是耶特鲁德的窃窃私语："瑞典旅行联合会的徽章。"

事到如今，巴尔布鲁也挺生自己气的。她从来就不了解他，从来就不知道他到底是个什么样的人。这么多年来，她不过是沉溺在一个小姑娘的幻想中而已。

"你身体挺好的？"

"我会像赫克贝格山的杉树一样长命百岁的。"

"这么说你完全可以到我斯特德旅馆的房间去了？"她说这话的时候，口吻尽量很严厉很刺耳，把自己对全世界男人的鄙视愤恨都表现出来，鄙视他们的雪茄、情妇、木材还有他们那虚荣、傻帽的络腮胡。

"林德瓦尔夫人……"他顿时一片混乱。他想说他爱她，他一直都爱着她，他大部分——不对，是全部的——时间都在想她。"我大部分——不，全部——时间都在想你，"他本来是这么准备的，然后再接着说，"从我第一次在汽船上见到你，我就爱上你了。从那时起，你就支撑了我的生活。"

她一生气，他就乱了阵脚。她以为他不过是个花花公子。所以他准备的那些话听起来也会像诱惑人的甜言蜜语。而且，说起来他也根本不了解她。或者说他根本就不知道怎样跟女人说话。有些男人，巧舌如簧，总是知道什么时候说什么话，一想到这个他就愤愤不平。看她生气了，他突然想，别憋着了，一吐为快吧，都是要死的人了，就别憋着了。

"我以为，"他感觉到自己舌头打结，又咄咄逼人，就像男人笨嘴结舌地跟人讨价还价一样，"我以为，林德瓦尔夫人，以为你爱我。"

他看到她的肩膀顿时僵硬起来。

"啊？"男人的虚荣啊。这么多年来，她一直以为他为人没得挑，谨言慎行，稳重老练，现在看来真是大错特错。事实上，他不过是一个普通男人，做着书里的男人做的那些事，而她不过是另一个相信他们与众不同的女人。

她仍旧背对着他，就好像他是当年的小乌尔夫，藏着自己孩子气的秘密。"你误会了。"接着她转过身来，面对着这个凄惨可怜、咧着嘴笑的花花公子，心想很明显他认识去旅馆的路。"不过，谢谢——"她不善于挖苦讽刺，简单考虑了一下终于想到一个托辞——"谢谢你告诉我聋哑人收容所在哪里。"

她想要不要把那罐黄莓酱拿回来，但又觉得那样不大合适。她还能赶上晚上一班火车，一想到在法伦的旅馆过夜，她就觉得恶心。

相当长的一段时间，安德斯·博登脑袋中都一片空白。他看到铜屋顶披上了一层暗色。他把自己残疾的手伸出床单，弄乱头发，还把那罐黄莓酱给了第一个走进病房的护士。

关于人生，他学到的一点就是：在巨大悲恸面前，小小痛苦会变得无关紧要。比如说，跟牙疼比，肌肉拉伤算不了什么，而要是手指被压碎了，牙疼也就无所谓了。现在，他真的指望着这条规则呢。他希望，癌症的痛苦、人之将死的痛苦能减轻他失去挚爱之痛，但，看起来好像不可能。

他想，心碎的时候，就跟木材裂开一样，顺着纹路自上而下完全开裂。他刚去木材厂的时候，曾见过古斯塔夫·奥尔森拿一块硬木头，弄一个楔子进去，然后轻轻一拧那楔子，木头就顺着纹路，从头到尾裂开了。心脏也是如此，只要找到了纹路，轻轻一扭，一个手势，一句话，就能将它击毁。

夜幕降临，火车环湖驶过，湖面一片暗色，这里可是一切开始的地方。随着羞愧和自责渐渐散去，她试着把这件事捋清楚。这也是唯一使自己不那么痛心的办法：保持头脑清晰，只关注真正发生的事情，只关注事实。而她所知道的事实就是：在过去的二十三年中，她可以随时为之抛夫弃子、名声扫地、地位全无的那个男人，她可以跟他直到天涯海角的那个男人，从来就不配，以后也配不上她的爱。阿克塞尔，她敬重的男人，他是个好父亲，养家糊口的本事也没得挑，他才是值得她爱的男人。但如果把她对安德斯·博登的感觉作为爱的标准的话，她并不爱他。这也就是她人生的悲哀：纠结在爱上一个不值得爱的人和不爱一个值得爱的人之间。她曾以为是自己人生支柱的那个人，那个不断给她带来各种可能性，那个她曾以为会像自己的影子或是水中的倒影一样忠诚可靠的人，不过真的是个影子、倒影而已。一切都是假的。尽管她自称缺乏想象力，尽管她对传奇毫不感冒，她却任凭自己在一个轻佻无聊的梦中度过了大半生。唯一还拿得出手的一点就是她的德行了，但这又算哪门子说法呢？假如有一场考验，她可是半刻也抵挡不了诱惑的。

讲条理，摆事实，她这么一考虑，羞愧和自责又卷土重来，而且有增无减。她解开左边袖口的纽扣，从手腕上褪下那个早已掉色的蓝色缎带，任其掉落在马车上。

听到马车驶入的声音，阿克塞尔·林德瓦尔随即把烟丢进空空的壁炉。他从妻子手里接过旅行箱，扶她下来，又付了车钱。

一进到房间里面，她就充满爱意地说："阿克塞尔，你怎么总是在我不在的时候抽烟呀？"

他看着她，茫然不知所措，也不知道该作何回答。他不想问她法伦的事，怕这一问会逼她说谎又或者逼她说实话，而无论是谎言还是事实，他都同样害怕。沉默。唉，他想，我们总不能以后一辈子都这么一言不发地过日子吧。所以，他最后还是回答了一句："因为我喜欢抽烟。"

她笑了笑。他们两个，站在黑黑的壁炉前。而他，仍然提着她的旅行箱。因为他知道，这箱子里边装着所有的秘密，所有他不想听到的秘密，所有事实和谎言。

"我比预计提前回来了。"

"嗯。"

"我决定不在法伦过夜。"

"嗯。"

"那个城市一股铜的味道。"

"嗯。"

"不过克里斯蒂娜教堂的屋顶在夕阳下熠熠生辉。"

"有人这么跟我说过。"

看着妻子这个样子，他很痛心。无论她准备了什么说辞，都得让她讲出来，要不都不入道。于是他问了个问题。

"他，他……怎么样了？"

"哦，他挺好的。"直到说出口，她才发现自己这话有多荒唐，"也就是说，他现在躺在医院，但他又挺好的，不过我怀疑事情不是这个样子的。"

"一般来说，人要是挺好的话是不会去医院的。"

"嗯，没错。"

他后悔自己这么讽刺他。曾经有一位老师对他的学生说过，讽刺是一种道德上的弱点。他现在怎么会突然想起这茬儿？

"然后呢？"

直到这一刻她才意识到自己得跟人家说说这次的法伦之行，不是说发生的各种小事，而是此行的目的。走的时候，她还想象，等她回来的时候事情肯定早就有了天翻地覆的变化，而不管具体怎么变，总之已经没有解释的必要了。现在一度陷入沉默，她开始慌了。

"他希望把他教堂的马厩给你，4号。"

"我知道是4号，睡吧。"

"阿克塞尔，在火车上的时候，我就在想咱俩可以一起变老，越快越好。我想人老的时候，事情就会容易很多。你觉得对吗？"

"睡吧。"

没人的时候，他又点了一支烟。她的谎言是那么荒诞可笑，以至于都有可能是真的了。但不管真假，结果都是一样的。要是她说的是假的，那真相就是她这次可是公开（比过去更公开）去看望了情人，或者说老情人？要是她说的是真的呢，那博登的礼物可就算得上是对他的讽刺了，老情人对受委屈的丈夫的嘲弄？这种礼物，必定会炒得沸沸扬扬、满城风雨的。

从明天开始，他的人生将会有一个全新的开始。他现在意识到，到目前为止，他的人生原来不是他想象中那样，而正是这一点，给他的人生带来了巨大变化。过了今晚，一切都得到证实，关于过去，他还能保有纯洁无污的回忆吗？也许她是对的，他俩是应该努力一起变老，然后指望着时过境迁，心脏变得冷漠坚硬起来。

"那边怎么回事儿？"护士问道。这个病人语无伦次了，一般最后一刻都这样。

"其他……"

"什么？"

"其他是枪炮钱。"

"枪炮钱？"

"为了唤醒回声。"

"什么？"

他不断重复那句话，声音听起来很吃力。"其他是枪炮钱，唤醒回声要用的。"

"不好意思，博登先生，我听不懂你在讲什么。"

"那我希望你永远不要弄明白。"

葬礼上，安德斯·博登的棺材就摆在三十年战争期间从德国带回来的石雕圣坛前面，棺木是用白杉树做的，在小镇十字路口不远的地方风干。牧师称赞他是一棵参天大树，倒在了上帝的斧头之下。这个比喻对会众来说也不是头一次听到了。教堂外面，4号马厩空空如也，在向死者致敬。遗嘱中没有规定马厩的归属去向问题，他儿子也早就搬到了斯德哥尔摩。一番商讨后，马厩被奖给了汽船船长，他可是出了名的德高望重。

你知道的那些事儿

1

"咖啡，女士们？"

她们俩仰起头看着侍者，可他已经将烧瓶伸向梅里尔的杯子。当他将梅里尔的杯子倒满咖啡后，他的目光直接越过珍妮丝，而转向她的杯子。珍妮丝立即用手遮住杯子。尽管在美国生活了这么多年，她依然不解：为什么在餐馆里，只要侍者一上来，美国人就立即要热咖啡？他们先喝热咖啡，然后冷橙汁，然后再来咖啡。实在让人想不通。

"不要咖啡？"侍者问道，好像珍妮丝的手势意义并不明确。他系着一条绿色亚麻围裙，头发因为涂了太多发胶，可以分明看到每条梳子印。

"我要喝茶。待会儿。"

"英式早餐茶，锡兰红茶，格雷伯爵调味茶？"

"英式早餐茶。不过晚点儿上。"

侍者离开了，似乎被冒犯了一样，依然没有与她们有任何眼神接触。珍妮丝一点儿也不惊讶，更别提受伤了。她和梅里尔都是老女人，而他很可能就是一个同性恋。在她看来，美国的侍者越来越有同性恋的倾向，或至少在这方面越来越开放。或许他们向来就如此。毕竟，这想必是一条邂逅寂寞生意人的绝好途径。假如那些寂寞的生意人自己也是同性恋的话，她承认，事情不一定如此。

"我喜欢荷包蛋的样子。"梅里尔说道。

"荷包蛋听起来不错。"虽然珍妮丝表示认可，但并不意味着要点这个。她认为荷包蛋是午餐，而非早餐。这份菜单上的许多食物在她看来也不算早餐——华夫饼干、私房煎饼、北极比目鱼。早餐吃鱼？她觉得这毫无道理。比尔过去很爱吃腌鱼，但只有他们住在旅馆时，她才准他吃。她告诉他，腌鱼会把整个厨房都搞得臭熏熏的，而且臭味一整天都消不掉。尽管不是全部，但大部分仍然是比尔的问题。似乎他们之间一直存在某种争端。

"比尔很爱吃腌鱼。"她天真地说。

梅里尔瞥了她一眼，心想她说这话是否漏掉了某些逻辑联系。

"当然，你从来没有见过比尔。"珍妮丝说道，似乎就比尔而言，这已经是一种失礼——他还没认识梅里尔就过世了。现在她正替他道歉。

"哦，亲爱的，"梅里尔说道，"我呢，就一会儿汤姆这个，一会儿汤姆那个，你一定要打断我，不然我就要扯得很远了。"

此时，既然用早餐的条款业已认可，她们就将注意力重新转向菜单。

"我们看过《红色警戒》[1]，"珍妮丝说道，"我们非常喜欢这部电影。"

梅里尔想要知道珍妮丝口中的"我们"指的是谁。"我们"可能指的是曾经的"我和比尔"。那么现在，"我们"又意味着什么呢？或者这仅仅是个习惯？或许，珍妮丝即便在守寡三年后，还是无法容忍从"我们"退回到"我"。

"我不喜欢。"梅里尔说。

"噢。"珍妮丝瞟了一眼菜单，似乎想从上面找点暗示，"我们觉得这部电影拍得好极了。"

"是的，"梅里尔说，"可是我觉得它，呃，很无聊。"

"我们不喜欢《哑巴歌手》[2]。"珍妮丝又提到一部电影。

"哦，我倒是很喜欢。"

1　原名*The Thin Red Line*，一部关于美日太平洋战争的美国影片，据詹姆斯·琼斯同名小说改编，美国导演泰伦斯·马力克执导，获1999年柏林电影节金熊奖。
2　原名*Little Voice*，英国影片，讲述一个沉默内向但有歌唱天赋的少女成名的经历，男主角迈克尔·凯恩获1999年金球奖之最佳男主角奖。

"说实话，我们只是去看迈克尔·凯恩而已。"

"哦，我倒是很喜欢。"

"你认为他现在已经获奥斯卡奖了吗？"

"迈克尔·凯恩？因为《哑巴歌手》这部电影？"

"不，我意思是，泛泛而论。"

"泛泛而论？我想应该是的。这么多年了。"

"这么多年了，是的。现在，他应该和我们一样老了。"

"你是这样认为的吗？"在梅里尔看来，珍妮丝过多地谈论到变老的问题，至少是长年纪。这肯定是由于她是欧洲人的缘故吧。

"即使不是现在，在不久的将来，他也会变老的。"珍妮丝说道。她和梅里尔都想到了这一点，于是两人大笑起来。这并不是说梅里尔赞同这一观点，假使她也认可这一玩笑。电影明星与众不同，通常可以老得慢些。这与整形手术没有什么干系。但不知什么原因，他们总能保持你初次见到他们时的那个年纪。即使他们开始扮演一些比较成熟的角色，但是你依然不信他们已经开始变老；你依然认为他们还是一如既往地年轻，只是在扮演老人而已——而且扮演的那些老角色往往还不能让你信服。

梅里尔是喜欢珍妮丝的，但又常常觉得她有点过时。珍妮丝一直喜欢穿灰色、浅绿色和米黄色的衣服。她把头发也弄成条纹灰色，但是毫无助益，而且因为颜色太过自然，以至于看起来像假发。天哪，即使那条别在一只肩膀上的大围巾也是灰绿色的。至于裤子颜色就不用说了，或者至少说没有别的裤子是像她那样的。真是可惜了。曾几何时，她或许是个漂亮的妞儿。当然，绝不是个美人，仅仅漂亮而已。她有一双好看的眼睛。对，足够好看，不过呢，她倒没有刻意将人们的注意力引向它们。

"巴尔干地区现在的局势非常糟糕。"珍妮丝说道。

"是的。"梅里尔其实很早以前就不读《芝加哥太阳报》了。

"必须教训一下米洛舍维奇[1]。"

"我不知道该怎么说。"

"塞尔维亚人绝不会改变本性。"

"我不知道该怎么说。"梅里尔重复道。

"我想起慕尼黑。"

这场讨论似乎就这样终止了。近来，珍妮丝老是念叨"我想起慕尼黑"这句话，尽管她真正想说的是，在幼年时期她肯定曾听到大人们将慕尼黑视为一个可耻的背信弃义的新范例。但她并不想解释这一点，因为这只会让她的话语丧失权威性。

"我想要吃些格兰诺拉麦片和全麦吐司。"

1　塞尔维亚前总统。

"你总是吃这些东西。"梅里尔说道，尽管话语中毫无不耐烦之意，而更像是在宽厚地透露事实。

"是的，但是我倒想或许我要吃点别的东西。"而且，每当她吃格兰诺拉麦片时，她就得想起那颗松动的臼齿。

"嗯，我估计一会儿要吃荷包蛋。"

"你总是吃这些东西。"珍妮丝答道。荷包蛋必吃，腌鱼反复吃，华夫饼干非早餐食物。

"你叫下服务生好吗？"

这就是梅里尔。她总先到，然后选一个除非扭伤脖子方能与侍者有眼神接触的位子坐下。这样珍妮丝就不得不向侍者挥手示意好几次，甚至还要忍受侍者因忙于应付其他客人而无暇顾及她的尴尬。这就如同叫出租车一样糟糕。如今他们根本就不睬你了，她想。

2

每个月的第一个星期二，她们便在哈伯维这家早餐店里见面，置身于行色匆匆的生意人和慵懒的度假者之中。她们彼此约定：不论刮风下雨，不管遇到多大的困难，都要准时前来赴约。事实上，除了约定的见面时间外，在珍妮丝的臀部手术之后，两人还见过面；梅里尔和她女儿从墨西哥草率旅行之后，两人也见过面。除此之外，她们在过去的这三年都如期赴了约。

"现在，我准备喝茶了。"珍妮丝说道。

"英式早餐茶，锡兰红茶，格雷伯爵调味茶？"

"英式早餐茶。"珍妮丝斩钉截铁的回答让这位侍者赶紧停下了手中的活儿。他含糊地点了点头并尽可能向客人表达了歉意。

"请您稍等片刻。"他边说边迈开了脚步。

"你认为他是个脂粉男吗？"不知为何，珍妮丝故意弃用时髦词语，但效果也许更加尖锐。

"管他是不是呢。"梅里尔答道。

"我也不管呢，"珍妮丝说道，"尤其在我这个年龄。无论怎样，他们是很好的侍者。"感觉这句话不怎么妥当，珍妮丝又补充道，"比尔过去常常这么说。"然而，在她的记忆里，比尔好像从未有过此类言论。但是当她慌乱的时候，比尔的遗证总是能帮忙。

她打量着梅里尔：上身紫红色的夹克，下身紫色短裙，衣服领子上别着一枚大得如同一个小雕塑的镀金领针。一头短发，颜色夸张明亮得如同稻草，似乎并不在意人们对其真假的质疑；

相反，却在不经意地提醒你"我"曾经是一个金发女郎——无论哪类金发女郎都行。梅里尔头发的颜色已经上升成为一种备忘录了，珍妮丝暗自思忖。遗憾的是，梅里尔并不明白女人在过了某个年龄段后，不应该再假装成她们年轻时的样子。她们应该顺应时间，追寻中立，保持谨慎和自尊。梅里尔对时间的抗拒一定与她是美国人有关。

她们两人的相同之处，除了都是寡妇之外，还有就是都爱穿带梭子跟、平绒面的鞋子。珍妮丝是在邮购目录里发现了这样的鞋子。令她感到惊讶的是，梅里尔竟然也要买这样一双鞋子。珍妮丝依然记得这双鞋子，即使在下雨天湿漉漉的人行道上也很好使。在太平洋西北岸，雨有时下得很急很大。人们时常告诉她，这雨一定让她想起了英格兰。而她总是回答"是的"，真正的意思却是"不"。

"我的意思是，他觉得不应当允许他们参军入伍，但他不是有偏见。"

作为回应，梅里尔用叉子戳了下她的荷包蛋。"我年轻的时候，大家对自己的私事都谨慎得一塌糊涂。"

"我也是，"珍妮丝赶紧说道，"我的意思是，我那时候也是如此。或许我们同时有这种感觉呢。"梅里尔瞥了她一眼。珍妮丝好像读出了梅里尔眼里的不悦，马上补充道："当然，是在世界的两个不同的地方。"

"汤姆一向说你能从他们走路的方式中看出来。不过那倒没有让我烦恼。"然而，梅里尔看上去确实有点心烦。

"他们是怎么走的呢？"在问这个问题时，珍妮丝感觉到好像又重新回到了青春期，回到了结婚以前的那段时光。

"哦，你知道的。"梅里尔说。

珍妮丝看见梅里尔此刻嘴巴里塞满了荷包蛋。如果这是梅里尔给自己的提示，珍妮丝还真猜不出这隐含的意思。因为她以前从没注意过这些侍者的走路方式。"我不知道。"珍妮丝说道，感觉自己这么无知实不应该，几近幼稚可笑。

"他们走路时，两只手向外。"梅里尔刚想张口说。然而，在没有任何征兆的情况下，她突然转过头，大声叫道："服务生，来杯咖啡。"这一举动让珍妮丝和那位侍者都大吃一惊。或许，梅里尔是在要求那位服务生作走路示范吧。

梅里尔转回身之后，又泰然自若地说道："汤姆去过韩国，那里的橡树叶子一簇簇的，很茂盛。"

"我的比尔曾经服过兵役。那时候每个人都得参军。"

"那里很冷，如果你把茶杯放在地上，茶水会立即冻成一块褐色的茶泥。"

"他错过了苏伊士之战。他那时候还在服预备役，但部队没有让他去参战。"

"那儿冷得要命，剃刀要事先从盒套里取出来放在热水里浸泡后才能使用。"

"他很享受在军营生活。比尔是一个很出色的交际家。"

"那儿可冷了，要是你把手放在坦克外侧，就会被冻得掉一层皮。"

"事实上，比尔或许比我更擅长社交。"

"甚至连气体都凝固了。气体啊。"

"英国有一年的冬天特别冷。就在战后。四六年吧，我想，或者也许是四七年。"

梅里尔突然感到不耐烦了。她想，我亲爱的汤姆在韩国所遭受的一切和欧洲的寒冬有什么关联？真是的。"你的格兰诺拉麦片味道如何？"

"吃起来有点硬。我都有了一颗'臼齿'。"珍妮丝从她的碗里挑出一枚榛子，然后将其轻轻放在桌边，"看起来是不是很像一颗牙齿？"她咯咯地笑了起来，笑得梅里尔更加恼火。"你对这些嵌入的东西有什么看法？"

"汤姆直到离开人世时，也没有掉过一颗牙。"

"比尔也是。"虽然事实并非如此，可是如果不这么说是要让比尔大失所望的。

"他们无法用铁锹在冻僵的地上挖坑，将死去的战友埋掉。"

"谁不能？"在梅里尔目光的逼视下，珍妮丝弄明白了。"是的，当然。"她感觉自己开始慌乱了，"嗯，我觉得，在某种程度上，这并没有什么关系。"

"怎样的程度上？"

"哦，没什么。"

"怎样的程度上？"梅里尔喜欢说——对她自己，也对别人——她并不信奉意见相左和心情不爽，但她信奉坦言相待。

"呃……那些他们正等待去埋葬的死者……如果天那么冷的话……你知道我的意思。"

梅里尔的确明白珍妮丝的意思，但她对珍妮丝依然不依不饶："一名真正的战士在任何情况下都会埋葬死去的战友。你应该知道这一点。"

"是的。"珍妮丝边说边回忆起了《红色警戒》电影里的相关情节，但她不想向梅里尔提起。珍妮丝感到很纳闷，为什么梅里尔偏偏要充当一位英勇军人骄傲的遗孀呢？她知道汤姆曾应征服役，因此她对汤姆的事还是了解一二的。当时人们在校园里议论纷纷，还有她目睹的情形。

"当然，我从来没有见过你的丈夫，但是每个人都对他评价很高。"

"汤姆是那么棒，"梅里尔说，"我们是天生的一对。"

"他很受爱戴，他们告诉我的。"

"很受爱戴？"梅里尔重复着这个词，好像觉得在这种情况下用这个词特别不合时宜。

"人们都这样说。"

"你必须面对将来，"梅里尔说道，"必须彻底正视。这是唯一的出路。"汤姆临终前如此这般地告诉她。

正视未来总比缅怀往昔要好，珍妮丝想。梅里尔真的不知道汤姆的那些事情吗？珍妮丝突然记起她从浴室窗户里看到的那一幕情景：楼下，在一片树篱后面，有一个开着裤子拉链的红脸男人，正用力地推一个女人的头，女人伸出手来反抗。因为当时楼下聚会的噪声在她耳边环绕着，所以珍妮丝感觉楼下树篱丛里那对男女正在表演一出争吵的哑剧。那个男人将手放在女人的脖子上，然后将其推倒在地，女人向男人的下身啐唾沫，男人则掴了女人一记耳光。过了大约二十秒，一则欲望与愤怒的短片，这对男女分开了。这位战争英雄，这位风流情种，这位校园风云人物，重新拉上了裤子拉链。这时，浴室的门把手嘎嘎地响起来，有人来了，珍妮丝便匆匆地下了楼，找到比尔，让他立刻送她回家。比尔说她的脸色怎么这么红，心里嘀咕他一不留神时她肯定往肚子里多灌了一两杯酒。珍妮丝坐在车里紧紧拽住比尔，然后又向他道歉。这些年，她一直强迫自己忘了当年在浴室看到的一幕，想把这情景逐出她的脑子。仿佛，在某种意义上，树篱里那对偷情、厮打的男女就是她和比尔。然后，比尔去世，她遇见了梅里尔。因此，她又有了新的理由去忘记那一幕。

"人们说，我永远都无法克服这一伤痛。"在珍妮丝看来，梅里尔现在扬扬自得的言行荒唐得有点可笑，"这倒是真的。我应该永远铭记这一伤痛。我们可是很相爱的。"

珍妮丝在吐司上涂抹了一层黄油。幸好，这儿的餐馆提供的吐司是没有涂抹过黄油的，因为其他一些餐馆通常就先给吐司涂上黄油，然后再卖给客人。美国人的这种生活习惯也是珍妮丝难以忍受的。她试图拧开一小瓶蜂蜜盖子，但是由于手腕力气不够，未能成功。接着，她又试图打开树莓果冻瓶子，还是因为力气不够，没能打开。梅里尔似乎并没有注意到珍妮丝的举动。珍妮丝只好将一片什么都没涂的三角吐司送进嘴里。

"在这三十年间，比尔从来都没有正眼瞧过另外一个女人。"如同打嗝儿一样，珍妮丝的挑衅心突然一下子被激发出来。在谈话中，通常她更喜欢去迎合和取悦别人。但有时处于这种压力下，她反而会说出一些连自己都感到惊讶的话语来。不是事情本身，而是她谈到了它这一事实。每当梅里尔没有回应时，珍妮丝便会执意坚持。

"在这三十年间，比尔从来都没有正眼瞧过另外一个女人。"

"亲爱的，我相信你是对的。"

"他死后，我非常痛苦。痛苦得不得了。曾经一度感觉生活已经走到尽头。唉，的确如此。我试图不让自己痛苦，不让自己遗憾，我想让自己开开心心，不，我觉得更贴切地说，是想让自己散散心，可是我知道这就是我的命，真的。我们的生活曾经是那么幸福快乐，但现在我把这一切都埋葬了。"

"汤姆曾经告诉我，每当看到我从房间里走过时，他的心就怦怦直跳。"

"在这三十年里，比尔从来不会忘记我们的结婚纪念日，一次也没有忘记过。"

"汤姆过去经常有浪漫的举动。我们常常离开城市，到大山里度周末。他常常用假名在旅馆里预订房间。我们就变成了汤姆和梅里尔·汉弗莱斯夫妇，或汤姆和梅里尔·卡本特夫妇，抑或汤姆和梅里尔·戴利维欧夫妇。我们整个周末都住在里面，然后在离开时他就付现金。这一切令人……无比兴奋。"

"有一年，比尔假装忘记了我们的结婚纪念日。于是，那天早上家里没有收到任何鲜花，比尔还告诉我他晚上要加班，只能趴在办公室的桌子上随便吃几口饭了。我试图不去想这些，但比尔的话的确让我感到有点伤心失落。然后，在临近傍晚时，我接到一个从汽车公司打来的电话。他们想要确认是否在晚上7点30分时来接我去'法国屋'。你能想象吗？他甚至连这都考虑到了，让汽车公司的人提前几个小时来提醒我。而且，他将他最好的一套西装偷偷带去了办公室，那样他就可以穿上和我约会了。啊，如此良宵啊。"

"每次去医院之前，我都要做一番挣扎与努力。我对自己说，梅里尔，不管你感到有多难过，你都要保证让汤姆看到你一脸阳光，值得他为之活下去。我甚至买了新衣服穿给他看。而他总是说：'亲爱的，我以前从来没有见你穿过这件衣服，对吧？'然后，他便会给我一个会心的微笑。"

珍妮丝点了点头，脑袋里闪现的却是另外一幅截然不同的景象：这位往昔的校园风流男子，在此弥留之际，看着他的妻子花钱买新衣服来取悦某位继承者。这种想法一出来，珍妮丝就感到很羞愧，然后匆匆说道："比尔曾经说，假如有办法给我传信儿——后来——那他就一定要找到。他无论如何要跟我接上头。"

"医生告诉我，他们从来没有见过如此有毅力的人。他们说，这个人有大无畏的气概。我说，他就是冰天雪地里那一簇簇顽强的橡树叶子。"

"但是，我猜即使他当时想给我传递信息，我也可能无法辨别传递的形式。我这样想着来安慰自己。不过，一想到比尔想和我联系却又看到我不能理解，还真是令人无法承受。"

接下来，她又该废话连篇了，梅里尔想。我们大家多么像松鼠般的反复啊。听着，小娘们，你的丈夫不仅已经死了，而且，当他活着的时候，他走路时就张开两只手。你明白我的意思吗？不，或许，她并不理解。你丈夫在校园里就是个小英国佬，乖乖地替高年级生跑腿做事。他就是靠这个出名的。他是一个泡茶包，明白吗？事实上，梅里尔从未告诉珍妮丝这些想法。她太纤弱了，如果知道了定会崩溃的。

很奇怪。梅里尔知道这些后竟然有了种优越感，而不是权力感。这又让她想到，必须有人密切关注她，因为她那小小的英国佬丈夫已经去世，而梅里尔，你好像已经自告奋勇要干这份工作啦。她或许会时不时地激怒你，但是汤姆也会想要你看穿这一点。

"还要咖啡吗，女士们？"

"请给我来点新鲜的茶。"

珍妮丝期望侍者能再一次问下她要不要英式早餐茶、锡兰红茶、格雷伯爵调味茶。但是这位侍者只是拿走了那只袖珍的、只能充满一杯茶的茶壶。美国人不可思议地断定这样的茶壶能满足早餐茶的需求。

"你的臀部怎么样了？"梅里尔问道。

"哦，现在好多了。我很高兴做了手术。"

当侍者再次回到桌子旁时，珍妮丝看了看茶壶，厉声说道："我要新鲜的茶。"

"抱歉？"

"我说我要新鲜的茶。我刚才并不只要你加开水。"

"抱歉？"

"这明明就是原来那只泡茶包。"珍妮丝边说边寻找着吊在壶柄旁的那个黄色标签。她瞪视着这个年轻傲慢的侍者。这次，她是真的生气了。

过后，她甚是纳闷为什么侍者的脾气那么暴躁，为什么梅里尔会突然狂笑，然后举起她的咖啡杯，说道："来敬你一杯，亲爱的。"

珍妮丝举起她的空杯子，两人闷闷地相互干了一杯，杯子叮当一声，没有发出回音。

3

"他是一个容易屈服的男人……两天之后，她又精力旺盛了。"

"真的很快。"梅里尔说道。

"我前几天看到史蒂夫了。"

"然后呢？"

"不太好。"

"心脏不好，是不是？"

"对，体重严重超标。"

"这可不是一个好消息。"

"你认为两颗心能彼此相系吗？"

梅里尔笑着摇了摇头。她，珍妮丝，是那么一个有趣的小人儿。你永远也不可能知道她脑袋里会突然冒出什么话。"我的心就没有和你相通，珍妮丝。"

"哦，你认为坠入爱河会得心脏病吗？"

"我不知道。"梅里尔想了想，"但我知道另外一些事情可能让你患上心脏病。"珍妮丝一脸困惑。"纳尔逊·洛克菲勒。"

"他和患心脏病有什么关系？"

"他就是这样死的。"

"他是怎样死的？"

"听说，他为了写一本艺术书天天忙到深夜。嗯，但我一点儿也不信。"梅里尔等待着，直到确信珍妮丝明白了她的意思。

"这些事儿，你知道的，梅里尔。"这些事儿，当然我也知道。

"是的，这些事儿我知道。"

珍妮丝把早餐推到桌子一边，然后将两只胳膊肘枕在空出的地方。她的早餐：半碟格兰诺拉麦片、一块吐司和两杯早茶。这年头，液体在她身体里流淌得太快了。她再次上下打量着梅里尔，一张尖尖的没有轮廓的脸颊，一头舒展却看似很假的头发。她称得上是个朋友。珍妮丝因为把她当朋友，所以才没有把她丈夫的那些丑事告诉她。幸好认识梅里尔时，她们俩都成了寡妇，否则比尔会很厌恶汤姆的。

是的，她的确算是一个朋友。但……是否称她为一个伙伴要更加确切些？时间仿佛倒转回了最初的时光，那时你还是一个孩子，你认为你拥有了许多朋友，但事实上，你拥有的仅仅是伙伴而已。所谓的伙伴就是那些站在你身边，看着你长大成人，然后又渐渐淡出你生活的人。于是，你开始了新的生活，结婚，生子。后来，孩子们长大了，也离开了你，丈夫，比尔也死了。然后呢？然后，你又开始重新需要那些能陪你一起走向生命尽头的伙伴。伙伴们会依然记得慕尼黑，依然记得那些老电影，那些即使你尝试去喜欢新的也无法忘怀的经典电影。伙伴们会耐心地教你怎么看税单，会帮你打开果酱瓶塞。伙伴们只会担心钱不够花，即使你怀疑她们中的有些人拥有的钱要比她们实际透露的多得多。

"你有没有听说，"梅里尔问，"斯坦厄普那儿的存款已经翻倍了？"

"没有，现在是多少？"

"每年一千。原来是五百。"

"嗯，真不错。但是，那些房间太小了。"

"房间到处都很小。"

"我需要两间卧室。我得有两间卧室。"

"每个人都需要两间卧室。"

"诺顿那儿的房间很大，而且在闹市区。"

"但是，听说那儿的人很讨厌，我听说。"

"我也有同感。"

"我不喜欢住在瓦林福德。"

"我也不喜欢那儿。"

"或许可以考虑斯坦厄普。"

"如果银行里的存款翻了一倍，你也无法保证租金不会涨一倍。"

"史蒂夫住宅区的生活管理得井井有条。他们会让你张贴一张公告。公告上写上你可以帮助邻居做的事，比如说你可以驾车送某人去医院，帮助修理架子或者知道怎么填美国国内税务署的表格。"

"听起来真不错。"

"前提是，不要太依赖别人。"

"这可不太好。"

"我不喜欢瓦林福德。"

"我也不喜欢那儿。"

她们彼此默契地看着对方。

"服务生，能帮我们把账单分开一下吗？"

"哦，梅里尔，我们待会儿自己可以平摊的。"

"但是，我多要了一份荷包蛋。"

"哦，亏你说得出口。"珍妮丝拿出一张十美元的钞票，"这样行吗？"

"嗯，如果我们平摊，每人出十二美元。"

有个性的梅里尔。有个性又讨厌的梅里尔。有她死去的风流丈夫留给他的钱，那用不到的每年一千美元对她来说不过是一笔小小的零钱而已。而她今天点了果汁和鸡蛋。但是珍妮丝毅然打开钱包，拿出两张美钞，说："是的，我们平摊。"

卫 生

"对了，就是这儿，我的小乖乖。"他把旅行包放在座椅中间，雨衣叠了放在身边。车票、钱包、盥洗用品袋、避孕套、任务清单。该死的任务清单。火车缓缓启动，他正视前方，满目感伤的场面：放下的车窗，挥舞的手帕，送别的眼神。这些都与他没有关系。窗户不能再往下放了，你只能和其他拿着廉价车票的老家伙们，坐在这拥挤不堪的车厢里，透过密封的玻璃向窗外凝望。就算他往外看，帕梅拉也不在这里。她应该在停车场，用车轮外缘压着混凝土的马路边沿，小心翼翼地移动她的欧宝雅特，想要靠近那台投币计时器。她总是抱怨，那些设计关卡的男人没认识到女人的胳膊没有男人长。他说那可不能成为跟路沿过不去的借口，女人嘛，够不到就下车呗。无论怎么说，那就是她目前的处境，把折磨轮胎视作她个人参与性别战争的一部分。她待在停车场，是因为她不愿看到，他拒绝从车厢里看她。而他之所以不愿意从车厢里看她，是因为她在该死的最后一刻还坚持往该死的任务清单上添东西。

照例是帕克斯顿的斯蒂尔顿干酪。照例要选购棉布、针线、拉链和纽扣。照例要买基尔纳罐上用的橡胶套环。照例是伊丽莎白·雅顿散装粉。照例是精粉。不过每年她总会在"行动日"前三十秒想起什么，成心让他徒劳无功地横穿小镇。再买一只杯子，代替那只打碎的——那只杯子是你，杰克，杰克逊少校，已退役，或不如说以前退役了但目前还得忍受NAAFI¹的军事审判的你，在被漱口水搞得头晕目眩之后恶狠狠地故意打破的。甚至在我们二手买下这杯子之前，它就已经脱销了，不过指出这点纯属徒劳。今年就是这种情形。到牛津大街的约翰·路易斯百货商店去看看他们卖不卖沙拉微调器的外篮，原来的篮子上有一道致命的裂痕，是被"某先生"摔裂的，机器内部仍然运转良好，他们完全可以单独出售外篮。而就在停车场里，她向他挥舞着需要完成的任务清单，这样他就可以随身携带它，不会搞错型号大小什么的了。几乎是硬要把它塞入旅行袋里。啊哈。

不过，她煮咖啡的手艺真是没得说，他一向这么认为。他把热水瓶放桌上，然后打开银箔包裹的点心。里面是巧克力饼干。

---

1 英国海陆空军小卖店经营机构。

杰克巧克力饼干。他依旧那么认为。这样想是对还是错？你是像自己觉得的那样年轻呢，还是像你看上去的那么老？目前，对他而言，这似乎是个重大的问题。或许是唯一的问题。他给自己倒了杯咖啡，津津有味地吃着一块饼干。柔和、亲切、灰绿色的英国风景使他平静了不少，继而振作起来。羊群，牛群，被风吹出发型的树。一条悠闲淌过的运河。萨恩特少校，检查那条运河。遵命。

他对今年的明信片很满意。插入剑鞘的祭祀宝剑。微妙，他想。有一次，他寄出数张印有野战炮和著名的内战战场的明信片。不过，他当时还年轻。亲爱的芭布丝，定于本月17日聚餐。请空出下午的时间。永远是你的，杰克。真够直接的。从来不用信封。《隐蔽原则》，第5部分，第12段：敌人不大可能发现直接摆在他面前的东西。他甚至没有去舒兹伯利。干脆就投在了村里的信箱里。

你是像自己觉得的那样年轻呢，还是像你看上去的那么老？这位售票员，或检票员，或列车长或时下其他任何称呼，看都没有看他一眼。他看到的只是老人手中拿的周三短途旅行往返票，他将他视为一位规规矩矩的闷老头，一个为了省钱自带咖啡的吝啬鬼。唉，没错。退休金没有以前够用了。他很早之前就退出了俱乐部。除了一年一度必赴的聚餐，唯一需要他进城的时候就是牙出了问题，而他又不放心让当地的牙医治。最好住在车站旁边能提供住宿和早餐的小旅店。如果你早餐吃了提供的所有东西，处理得当的话，再偷偷带走一根香肠，可以使你一整天都精力充沛。周五也是一样，那样的话可以撑到回家。回基地。汇报任务，沙拉微调器都到齐并正常工作，老婆大人。

不，他才不会那样想呢。这是他的年假。他两天的休假。出发前，照例理了发；照例洗干净了上装。他做事井井有条，怀着有序的期望和乐趣。即使那些乐趣不如从前那般强烈。或者说不同。随着年龄的增加，你对酱汁的偏爱不会再像从前那么强烈了。你也不可能像过去那样喝得烂醉。因此你喝得少了，更多的是去享受过程，最后却像从前一样喝得像只猫头鹰似的。没办法，这就是规律。当然也有失效的时候。芭布丝也一样。他还记得许多年前第一次喝轮番酒。考虑到他当时的情况，他竟然还记得。那又是另一回事了，喝得酩酊大醉对于可敬的议员似乎也无妨。一共三轮。杰克，你这老家伙。第一轮是敬酒，打招呼；第二轮才是真刀真枪；然后再来一轮钱行。对了，为什么避孕套都是三个一盒地卖？够那些家伙用一个星期的了，嗯，但是如果像他一样收好以备后用的话……

说真的，他再也不能像从前那样喝得酣畅淋漓了。而可敬的议员也不再玩三猜一纸牌的游戏了。如果你有老年铁路交通卡，喝一轮就行了。不能坏了心脏。一想到帕梅拉不得不面对那种事情……不，他无意伤害自己的心脏。他们两人中间放着"插入剑鞘的祭祀宝剑"以及半瓶香槟。从前，他们能喝完一整瓶。每人三杯酒，一轮喝一杯。现在只能喝一半——香槟是车站旁边的特雷舍店铺的特价酒——而且经常喝不完。芭布丝容易烧心，所以他不想让她在聚会的时候遇到麻烦。大多数时候他们都是聊聊天。有时候会睡觉。

他不责怪帕梅拉。更年期过后，有些女人就不再对那事儿感兴趣了。简单的生物问题，并不是谁的错。不过是个女性线路的问题。你建立一个系统，系统产生你所设计的东西——即婴儿生产，看一下珍妮弗和迈克吧——然后系统关掉。大自然老母亲停止给部件加润滑剂。考虑到大自然老母亲无疑是一位女性，因此这不足为奇。没有人该受到责备。当然也不能怪他。他所做的一切就是确保他的机器依然运转正常。大自然老父亲仍然在润滑部件。卫生问题而已，真的。

是的，很对。他自己对这件事很坦诚。毫不含糊。虽然不能对帕姆说这些，但是你可以在剃须镜里看到一个完整的自己。他在想，几年前坐在桌子对面的这些家伙是否会那么做。就像他们说过的。当然，曾经在部队食堂吃饭时定下的规矩早就烟消云散，或被抛之脑后，那些妄自尊大的家伙刚开始用餐便举止不端，并且在波尔多红酒打开之前对女性进行了猛烈的抨击。他私自把他们拉入了黑名单。在他看来，最近他们这兵团吸纳了太多特别聪明狡黠的家伙，所以他不得不听他们三个在那儿夸夸其谈，仿佛世世代代积淀的智慧都听由他们使唤。"婚姻就是一门研究做错事如何掩人耳目的学问。"那个头目说道，其他人都点头赞同。不过，这倒并没让他恼火。让他恼火的是，这家伙继续解释——或者，更确切地说，吹嘘——他是如何和以前的女友（在他认识他妻子之前交过的一个女友）再续前缘的。"这还不算，"另一个狡黠的家伙对他说，"先前犯下的通奸。这还不算呢。"杰克费了老大劲儿才听明白，当他弄清楚之后，他不是很喜欢自己所理解的意思。诡辩而已。

从前当他遇见芭布丝的时候，他是那样的吗？不，他可不这么认为。他不会故意颠倒是非、混淆黑白。他不会对自己说，噢，那是因为我当时喝多了，或者，噢，那是因为帕姆像她现在这个样子。他也不会说，噢，那是因为芭布丝是金发，而我总偏爱金发女郎，这是很怪异的，因为帕姆是黑发女郎，当然除非这一点儿也不怪异。芭布丝是个好姑娘，她坐在那儿，一头金色，他们那晚敲了三次锣。除了这些没有别的了。只不过他放不下她。他放不下她啊，来年他又去找了她。

他撑开手掌，放在面前的桌子上。一手掌外加一英寸的长度，这是沙拉搅拌器的直径。当然我会记得，他曾告诉她：你认为我的手在接下来的二十四小时不会萎缩，是吧？不，不要把沙拉搅拌器的零件放我包里，帕梅拉，我说过我不想把它们带到城里。也许在今夜他能看到约翰·路易斯究竟是几点打烊的。从车站给他们打个电话，不等明天，今晚就过去。可以节省不少时间。明天早上就有时间办其他所有事情了。算计得很精确，杰克逊。

到了第二年，他不确定芭布丝是否还记得他，但是即便如此，她还是很高兴见到他。他带着一瓶香槟，怀着万分之一的希望，一切就这么注定了。他在那儿待了一个下午，告诉她自己的近况，他们又敲了三次锣。他说，等他下次再来城里，就给她寄一张明信片，于是一切就这样开始了。如今已经——什么？——过去二十二三年啦？他送她一束鲜花作为相识十周年的纪念，又送她一盆盆栽作为二十周年的纪念。一株一品红。在那些阴冷的清晨，对她深深的思念支撑着他外出给小母鸡喂食、清理煤舱。她是——如今他们怎么说来着？——他的希望之窗。她曾尝试了结这一切——隐退得了，她开玩笑说——但他不愿意放手。他坚持要来见她，差点儿大闹起来。她最后做出了让步，轻抚了一下他的脸，来年他寄卡片的时候心里颇为忐忑，好在芭布丝履行了她的承诺。

当然，他们变了。每个人都变了。首先是帕梅拉：孩子们的离开，家中的花园，她为狗狗们设计的锻炼计划，理得像草坪一样短的发型，打扫屋子的方式。她开始坚持每天打扫屋子，但在他看来，房子与之前没什么两样。她变得哪儿都不想去，她说她已经完成了旅行计划。他说他们现在有的是时间；有空和没空没什么两样。他们有了充足的时间，做的事情却少了，这是残酷的现实。他们也并非整天无所事事。

他也变了。当他爬上梯子清理屋檐上的雨水槽时，他发现自己开始感到害怕了。他已经清理了二十五年，上天作证，每个春天这都是任务清单上的首要工作，虽说平房房顶离地面很近，但是他仍然感到害怕。并不是害怕会掉下来，不是那样。他总是推下梯子的边锁，他也不恐高，并且他知道就算他摔下来，也是摔在柔软的草地上。当他站在上面，鼻子高出雨水槽几英尺，用小铲子清理青苔和烂叶子，弹走细枝和鸟儿尚未建好的巢，寻找有裂痕的瓦片，确保电视天线依然立着——他就那样站着，全副武装，双脚穿着惠灵顿靴，上身裹着防风夹克，头戴毛线帽，手戴橡胶手套，他有时感到眼泪流下来，他知道不是风的缘故，随后他僵住了，一只戴着橡胶手套的手夹在了雨水槽里，另一只手假装去戳厚塑料翘起的地方，他吓得连屁都不敢放。这件该死的事儿太吓人了。

他宁愿相信芭布丝一直没有变，并且在他心中，在记忆中，在他的期望里，她都一直没变。但是同时他又承认，她的头发不再是从前那种金色了。而且，当他劝她不要隐退之后，她也变了。她不再愿意在他面前宽衣解带。穿着睡衣。一喝他买的香槟就烧心。有一年，他给她带了一种更贵更高档的香槟，结果还是一样。关灯次数越来越多。不再费尽心思地去挑逗他了。和他同时入睡；有时睡得比他还要早。

可是，她仍是他当初喂小母鸡、打扫煤舱、流着眼泪（脸颊被橡胶手套擦得泪迹斑斑）清理雨水槽时他所期望的那个她。她是他连接过去的纽带，在过去，他真的可以喝得酩酊大醉，还能连续敲三次锣。她可以像母亲对孩子一样对他，可是，每个人都渴望被宠爱，不是吗？吃点巧克力饼干吧，杰克？是的，是有那么一点味道。不过，话说回来，你是个真正的男子汉，知道吗，杰克？这年头，真正的男子汉已经不多了，他们是濒临灭绝的珍稀物种，而你则是其中之一。

火车即将抵达尤斯顿。一个年轻的家伙拿出他该死的手机，装模作样地拨号码。"嘿，亲爱的……嗯，对，听我说，火车被困在了伯明翰外面的一个鬼地方。他们什么都不告诉我。不，我想至少还得一个小时，之后我得横穿伦敦……是……是的……我也是……再见。"这个骗子收起手机，看向四周，瞪向任何偷听的人。

好吧：再检查一遍一天的安排吧。在火车站，给约翰·路易斯打电话询问关于沙拉搅拌器的问题。在提供早餐和住宿的旅馆旁边的餐厅吃晚饭，印度、土耳其菜，都没关系。开销不能超过八英镑。住在格兰比侯爵旅馆，只提供两品脱啤酒，不想整个夜晚让抽水马桶的冲洗声搅得整宿地睡不着。在旅馆用早餐，如有可能多拿一根香肠。从特雷舍那里带去半瓶香槟。给海陆空军小卖部跑腿：照例要买斯蒂尔顿干酪、基尔纳环和散装粉。两点钟见芭布丝。两点到六点。一想到见你……上校，你睡在那下面吗？可敬的议员们请起身……剑鞘中的祭祀宝剑。中间喝喝茶。喝着茶，吃着点心。有趣的是，这竟然也成了一项传统。芭布丝擅长鼓励别人，使他觉得他自己在那一刻，甚至是黑暗中，甚至是闭上眼睛，在那一刻，他就是……他想要成为的人。

"对了，就是这儿，我的小乖乖。到家了，詹姆斯，别磨磨蹭蹭的。"他的旅行袋夹在座椅中间，他的雨衣折叠放在他身边。车票、钱包、盥洗用品袋、任务清单（现在上面画上了整齐的小对勾）。避孕套！那个特别的玩笑竟然开在了自己身上。整件事对他来说就是一个玩笑。他眼睛直直地透过封闭的玻璃窗看向外面：一个灯火通明的三明治小店，一辆停滞不前的行李搬运车，穿着可笑制服的行李搬运工。为什么火车司机都没有孩子？因为他们必须准时离站[1]。哈哈，太可恶了。把安全套列在清单上是他每年都开的玩笑，因为，他不再需要这东西。很多年前就不用了。一旦芭布丝理解他信任他之后，就说他们没必要再用了。他曾经问她是否担心会怀上孩子。她回答说："杰克，我认为我已经顺利度过危险期了。"

一如起始，一切进行得很顺利，很完美。火车准时到达，穿过市区来到约翰·路易斯，撑开手掌表明沙拉搅拌器的直径，确定好型号，没有单卖的零件，但是有特价商品，好像比老婆大人当时买的更便宜。他内心进行着斗争，到底要不要扔掉旧的沙拉搅拌器，买个新的，然后谎称自己找到商家，换了新的搅拌杯。最终他决定把旧的机器带回家。老滑手终究会在某天晚上庆祝自己又摔坏了机器内核，这下就可以换个全新的了。只不过呢，由于他深知自己运气好，也许他会再摔一次搅拌杯才能完全摔坏，为零件的苟延残喘做个了结。

返回市区。经营这家旅馆的外国人认出并记起了他。他把硬币投入电话机孔槽，向夫人汇报自己已经安全抵达。相当地道的咖喱鸡饭。在格兰比侯爵旅馆，喝两品脱的啤酒，不多不少正合适。学会节制。这样对膀胱和前列腺不会有过多压力。夜里只用

1　原文为"pull out"，兼有火车离站和拔出之义。

上一次厕所。睡得像小孩儿一样。第二天早上用花言巧语多拿了一根香肠。在特雷舍买到了特供的半瓶香槟。顺利完成了清单上的任务。洗澡，梳头，刷牙，职责所系。以便在两点钟检阅时好好展示自己。

那时，特价商品已抛售一空。他按下了门铃，脑中浮现的是熟悉的金色卷发和粉色的家居服，耳边响起了她咯咯的傻笑。但是开门的是一个矫揉造作的黑发中年妇女。他一脸茫然地站在那儿，沉默无语。

"给我的礼物吗？"她说，也许只是没话找话吧，并且伸手去拿香槟瓶。他没有回答，只是紧紧握住瓶子不放，他们展开了一场滑稽可笑的激烈争夺，最后他说道：

"给芭布丝的。"

"芭布丝要过一会儿才回来。"她说着，把门敞开。他感到有点不对劲，但还是跟着她走进了客厅，自从去年这时节见过面以后，客厅又重新装修了一番。装修得像妓女揽客的场所，他想。

"让我把它放冰箱里好吗？"她问，但他仍握住瓶子不放。

"从乡下来的？"她问。

"你是个军官？"她问。

"你的舌头被猫咬掉了吗？"她又问。

他们这样一声不响地坐着，大约有一刻钟，直到他听见一扇门关上的声音，接着又是一扇门。黑发女人和一位高挑的金发女人站在他面前，金发女人的胸罩撑起她的双乳，像个果盘似的呈给了他。

"芭布丝。"他重复着她的名字。

"我是芭布丝。"金发女人答道。

"你不是芭布丝。"他说。

"随便你怎么说吧。"她答道。

"你不是芭布丝。"他重复道。

两个女人面面相觑，然后金发女人随意而硬邦邦地说道："留点儿神，大爷，我就是你要找的人，好吧？"

他站起身。看着两个妓女。他慢慢地解释起来，就算乳臭未干的新兵也能听懂。

"哦，"其中一个人说，"你是说诺拉吧。"

"诺拉？"

"是啊，我们都这么叫她。我很抱歉。她大约在九个月前走了。"

他没听明白。他觉得她们是说她搬走了。那么他就更搞不懂了。他想她们是说她被谋杀了，死于一场车祸，或者其他什么。

"她太老了。"其中一个人最后解释说。他一定看起来很凶，因为她相当紧张地补充道："请别见怪。并没有冒犯的意

103

思。"

她们打开了香槟。黑发女人拿来了不一样的杯子。他和芭布丝从前都是用平底玻璃杯喝酒。香槟还是温的。

"我给她寄了张明信片，"他说，"是一把祭祀宝剑。"

"是啊。"她们了无兴致地答道。

她们喝光了杯子里的香槟。黑发女人说："对了，你还愿意做你本打算来这儿做的事吗？"

他甚至都没有想。他当时一定点了点头。金发女孩问："你想让我做芭布丝吗？"

芭布丝原来是诺拉。他脑中掠过这一念头。他感到自己再次凶狠起来。"我希望你做回你自己。"这是命令。

两个女人再次面面相觑。金发女郎坚定而无法令人信服地说："我叫黛比。"

他当时应该离开才好。出于对芭布丝的尊重，也出于对芭布丝的忠诚，他当时应该离开才对。

封闭的玻璃窗另一边是不断流逝的风景，年年如此，但是他看不出它的形状。有时他把对帕梅拉的忠诚与对芭布丝的忠诚混淆一起。他把手伸进背包去拿热水瓶。有时——哦，虽然只有几次，总归是发生了——他确实把他妈的芭布丝和他妈的帕梅拉弄混了。好像当时他是在家似的。好像那件事发生在家里似的。

他进到芭布丝曾经住过的房间，也重新装修过了。他不能接受重新装修后的样子，缺少了从前的感觉。她问他想干什么。他没有回答。她拿过钱，递给他一个安全套。他站在那儿，手里拿着那套子。芭布丝没有，芭布丝也不会……

"要我为你戴上吗，老大爷？"

他用力推开她的手，脱掉长裤，脱掉内裤。他知道自己脑袋坏掉了，但这也许是最好的主意，唯一的主意。说穿了，他来这儿不就是为了这个嘛。现在他付钱就是要做这个。这位可敬的议员只是暂时藏而不露，但是，如果他指出需要什么，如果他发出指令，那么……他感觉到黛比在看着他，她半蹲着，一条腿跪在床上。

他用滑腻的手指把安全套戴上，期待这样能让自己勃起。他看着黛比，看着她呈现给他的"果盘"，但毫无作用。他低头看向他那疲软无力的阴茎，还有耷拉下垂的褶皱的安全套，像是干瘪的奶头。他记起自己曾把润滑的安全套套在手指上。他暗自思忖，对了，就是这样，小乖乖。

她从床边桌子上的纸盒里抽出几张纸巾递给他。他擦干脸。她退给他一点钱；仅仅是个零头。他很快穿上衣服，走出去，走到光线刺眼的大街上。他漫无目的地走着。从某个商店上方的电子屏幕上得知现在是3点12分。他突然意识到安全套还套在阴茎上面。

羊群。牛群。被风吹出发型的树。一排平房，一个该死的令人厌恶的小营地，住满了令人厌恶的淫妇，他真想大叫，呕吐，拉响报警器或者任何一件他妈的能让他肆意发泄的东西。令人讨厌的淫妇，就像他自己一样。而且，他即将回到他那该死的令人厌恶的平房，他为它倾注了多少年的心血啊。他打开热水瓶，给自己倒了些咖啡。咖啡已经放了两天，冷透了。过去他习惯用随身带的小酒壶把咖啡暖热。现在，咖啡又冰又冷，放得太久了。这很公平，不是吗，杰克？

他不得不给落地窗外的盖板再涂上一层游艇用的清漆，盖板被院里的那些新椅子磨损得不行……杂物间也可以涂一点油漆……他得把割草机拿进来，把刀磨快，如今你已经找不到人干这个了，他们只是看看你，劝你买个带橘色塑料配件的气垫割草机，而不是带刀片的……

芭布丝就是诺拉。他不用戴安全套，因为她知道他不会到别的地方去，而且她也早就过了怀孕的年纪。为了他，她只是一年一度从退隐中回归；仅仅有点喜欢你而已，杰克，不过如此。有一次他看到她的公交卡，跟她开玩笑，他由此得知她比他年龄还大；也比帕姆大。还有一次，他俩在聚会的那天下午，喝了一整瓶香槟，她提出要取下上牙来吮吮他，他哈哈大笑，不过觉得这

106

很恶心。芭布丝就是诺拉，诺拉死了。

晚上聚餐的时候，其他人没有注意到任何不同。他谨守自律。没有变得尖嘴猴腮。"说实话，再也无法把控得那么好了，老兄。"他说，随之有人窃笑，似乎他讲的是个笑话。他早早就离开了，在格兰比侯爵旅馆先喝了一杯。不，不是一杯，只有今晚酒杯的一半。说实话，再也无法把控得那么好了。永不言死啊，酒吧老板答道。

他鄙视自己和那个妓女的逢场作戏。你还愿意做你本打算来这儿做的事吗？噢，当然，他当然愿意，但是不是她所知道的那些事。他和芭布丝已经多久没干了，五年，还是六年？最近的一两年，他们仅仅啜饮一下香槟。他喜欢她穿着那件老妈子式的睡衣，他经常这么逗她；然后和他一起爬上床，关上灯，聊一聊旧日的时光。想象着曾经的模样。第一轮是打招呼；第二轮才是真刀真枪；散伙前再喝上最后一杯。杰克，你年轻的时候像一头老虎。着实让我消受不起。第二天都不得不请假休息。你就胡扯吧。我真的请假了。拜托，我才不是那样。噢，杰克，真的是，一头真正的老虎。

她不愿意提高她这里的住宿费，但是租金就是租金，他付的是他所占据的空间和时间，无论他是否愿意。对于他的老年人铁路交通卡来说倒是一件好事，他现在可以省掉这笔开销了。不会再有什么现在了。他已最后看了一眼伦敦。看在上帝的分上，你可以去舒兹伯利买斯蒂尔顿干酪和沙拉搅拌器。在部队的聚餐上，只会看到来不了的人越来越多，能来的越来越少。至于他的牙齿问题，当地的牙医完全可以解决。

他的背包放在头顶的行李架上。他的清单画上了一串对勾。此时，帕姆应该在去火车站的路上，或许汽车刚转进临时停车场。帕梅拉把车开进停车位的时候总是车头向前。她不喜欢倒车，喜欢留到后面做；或者，更喜欢留给他去做。他不一样。他喜欢把车倒进停车位。那样的话你就可以快速把车开走。他觉得，这只是熟练度的问题；随时保持高度警觉。帕梅拉常说，上次是什么时候我们需要快速把车开走呢？不管怎样，总是要排队才能出去。他常说，如果我们是第一个出去，就不用排队了。"排队功能障碍"。等等。

他对自己承诺，即使她再次把车胎钢圈挤压变形，他也不会看上一眼。当他摇下车窗，伸手去投币的时候，也不会发表任何评论。他不会说，你看车轮离它那么远，我还是够到了。他只会问一句："狗狗们还好吗？孩子们又打电话了吗？Super Dug[1]肥料送来了吗？"

1　英国著名化肥品牌。

可是，对于芭布丝，他仍然很悲痛，他想知道为帕梅拉哀悼的时候是否也这样。是否也是这样轮下去，当然。

他已完成了任务。现在火车即将进站，他从密封的窗户向外看，希望看到月台上站着他的妻子。

复活

1

彼得堡

　　这部剧算是他的旧作，写于1849年的法国，甫一问世便遭查禁，直到1855年才获准出版。十七年后这部剧作被搬上了舞台，可惜在莫斯科仅仅上演了五场。距离创作这部剧三十年后的今天，她发来电报询问是否允许她改编此剧，供其在彼得堡上演。他同意了，但也委婉指出他的这一少作原本只供阅读，而非面向舞台。他补充道，这出戏配不上她的伟大天才。这是典型的恭维之辞：他从未看过她的表演。

　　就像他的大部分其他作品，这部剧关乎爱情。如同他的人生，在他的作品里，爱情不可行。爱情可能会，也可能不会唤醒良心、满足虚荣心，甚至洁净肌肤，但是它绝不会带来快乐。爱情里永远有不对等的感情与意图存在。这就是爱情的本质。当然，在某种意义上，爱情是"可行的"：它能唤起人生中最深沉的情感，让他如春日盛开的椴树花般清新明丽，或是如叛国者般受车裂之刑。爱情能让平日里举止文雅、怯懦胆小的他鼓起些微的勇气，尽管这勇气只是一种理论上的勇气，无法付诸行动，演出一场场的悲喜剧。爱情教会他认识了期盼的愚蠢、失败的痛楚、悔恨的怨念，还有对回忆傻里傻气的执念。他懂得爱情，也了解自己。三十年前，他把自己写进了拉基京这个角色中，拉基京向观众吐露了他对爱情的看法："我认为，阿列克谢·尼古拉耶维奇，每一场爱情，无论是快乐还是不快乐，一旦你完全沉溺其中，它就变成了一场真正的灾难。"这一论调被审查机关删除了。

他原本以为她会扮演剧中的女主角——纳塔利娅·彼得罗芙娜——一个已婚女人，却爱上儿子的家庭教师。但她选择出演受纳塔利娅监护的韦罗奇卡，依照戏剧的套路，韦罗奇卡也爱上了那位家庭教师。戏剧开演时，他去了彼得堡；她来到他下榻的欧洲宾馆拜访他。她原本以为在他面前会拘谨胆怯，却很快发现自己被这个"温文儒雅、如同祖父般的人"给迷住了。他把她当成个孩子。这有什么好奇怪的呢？她才二十五岁，而他已经六十了。

3月27日那天，他去观看了演出。尽管他深藏于导演包厢，但还是被发现了。在第二幕剧结束的时候，观众开始呼喊起他的名字。她走到包厢，想把他带至舞台，但是他拒绝了，只是从包厢里向观众鞠了一躬。下一幕结束后，他来到了她的化妆间，抓起她的手，在煤气灯下仔细端详她。"韦罗奇卡，"他说道，"我真的创作过这个韦罗奇卡吗？我写的时候从来没怎么在意过她。对我来说，这部剧的焦点是纳塔利娅·彼得罗芙娜啊。而你却是活生生的韦罗奇卡。"

2
现实之旅

所以，他真的爱过他笔下的人物吗？舞台上被聚光灯的光环笼罩着的韦罗奇卡，舞台下被煤气灯的光照簇拥着的韦罗奇卡，他的韦罗奇卡，三十年前在他的作品里被忽视的韦罗奇卡如今却备受珍视？假如爱情，正如一些人宣称的，只是一桩纯粹自我指涉的事情；假如爱情的对象最终是无足轻重的，因为恋人们看重的只是各自的情感，那么还有什么比一个剧作家爱上自己笔下的人物更合乎自然的事情呢？谁还需要那个真实人物，那个在阳光下、灯光下以及心目中的真实的她的介入呢？这儿有一张韦罗奇卡的相片，穿着校服，怯生生，娇滴滴，眼里却闪着热情，摊开的手掌昭示着信任。

但是如果发生这种困惑，那便是因她而起。多年以后，她在自己的回忆录里写道："我并没有在扮演韦罗奇卡，我只是完成了一场神圣的仪式……我能清晰地感觉到韦罗奇卡就是我，我就是韦罗奇卡。"所以，如果最先感动他的是那个"活生生的韦罗奇卡"，我们应能谅解；而对她来说，先感动她的可能是一些不存在的东西——剧本的作者，也许现在已经故去，有三十年了。我们还须记得的事情是：他知道她将是他此生最后的爱。他现在已经是一个老人了，同时也是一个名人，一个时代的代表，一个已经完成使命的人，所到之处皆是赞誉之声。出访国外，人们会为他穿上长袍，戴上缎带，为他授予职务或荣誉。他已经六十岁了。衰老不再只是个轻巧的选择，也是铮铮事实。一两年前，他曾经写道："人过四十，只有一个词能总结生活的基础：克制。"现在，这个定义人生的日子又过去了二十年。他六十岁了，而她二十五岁。

在信中，他亲吻她的手，亲吻她的脚。她生日时，他为她寄去一副金手镯，镯子内侧刻上了他们两个人的名字。"我现在觉得，"他写道，"我是真心诚意地爱着你。我觉得你已经成为我生命中不可分离的一部分。"这话是落了俗套。他们是恋人吗？似乎不是。对他来说，这是一场基于克制的爱情，其间的激动人心之处在于不停揣测"如果怎样怎样,事情会怎样怎样发生"。

但是所有的爱情都需要一场旅行。所有的爱情同时也象征着一场旅行,而旅行是需要身体力行的。他们的旅行发生在1880年5月28日那天。他待在他乡下的庄园里,他央求她来看望自己。但是她不能:她是个演员,在工作,在巡演;甚至她也有必须放弃的事情。但她将从彼得堡乘火车至敖德萨[1];她的行程将贯穿姆岑斯克[2]与奥廖尔[3]。他为她仔细查阅了火车时刻表:有三列火车自莫斯科出发,走库尔斯克线,分别是12点半开出的快线、下午4点开出的邮车以及晚上8点半开出的慢车,分别在当天晚上10点、次日早上4点半与9点45分到达姆岑斯克。浪漫爱情之外的实际问题自然也要考虑。心爱的人如何能与邮包搭同一列车?又如何能坐"红眼"火车?他催促她搭乘12点半出发的那趟快车,并将到达时间精确为晚上的9点55分。

这精确的背后却有着反讽的意味。他自己是出了名的不守时。有一次,他装模作样地带了一打手表在身上。即便如此,他还是迟到几个小时才到达聚会地点。但是在5月28日那天,他雀跃颤抖得像个年轻人,准时地在姆岑斯克的小火车站迎候9点55分那

1　黑海沿岸最大的港口城市,19世纪时属于沙皇俄国。

2　位于俄罗斯奥廖尔州。

3　俄罗斯奥廖尔州首府。

趟火车的到来。夜幕降临。他登上火车。从姆岑斯克到奥廖尔有三十英里。

这三十英里他一直坐在她的车厢，凝视她，亲吻她的手，尽情呼吸着她呼吸过的空气。他不敢吻她的唇：克制。或许，他确实尝试过吻她的唇，但她扭转了头：尴尬，羞辱。在他这个年纪，也是乏善可陈。也或者：他吻了她，而她也炽烈地回吻了他：惊奇，不住跃动地慌张。我们不能辨别究竟哪个版本是真实的：他的日记后来被烧毁了，她的信件也没有幸免。我们所能参考的只有他之后的信件，其中唯一可靠的信息是他们的此次五月之旅一直延续到六月。我们知道她还有一个旅伴：赖莎·阿列克谢耶芙娜。那时她做了些什么？假装熟睡？假装突然之间有了能看清黑夜的视力，一直在观看窗外漆黑的夜景？或是埋首于一卷托尔斯泰？三十英里飞驰而过。他在奥廖尔站下车。她坐在自己的位子上，在快车驶向敖德萨时向他挥舞手绢致意。

不，即便这块手绢也是杜撰出来的。但重点是：他们确实有过一场旅行。现在，这场旅行可以被记忆、被美化、被幻化成各种假设实现后的具象与现实。他不断怀念这段旅行，直到死亡。在某种意义上，这是他人生最后的一场旅行，心的最后一场旅行。"我的人生已离我远去，"他写道，"那些我在车厢里度过的时光——那时我感觉我又二十岁了——是我人生最后迸发的火花。"

他的意思是否意味着当时他差不多已经勃起了？我们这个世故的时代叱责上一个时代的陈腐与规避，申斥它的火花、辉焰、光芒和隐隐的灼热。爱情不是一团篝火，天知道，它是硬挺的阴茎，是濡湿的阴道，我们朝那些神魂颠倒、缴械投降的人吼道。继续吧！你们到底为何不继续？你们这帮怕阴茎、锁阴道的浑球！吻手！傻子都知道你们真正想吻哪里。那为什么不吻呢？坐在火车上，也一样的。你只管把舌头伸到位，让火车的震动替你做就行了嘛。咔拉嗒—咔拉嗒，咔拉嗒—咔拉嗒！

你的手最后一次被吻是什么时候？假如是你的手被吻了，你又怎么知道他擅长吻手呢？（再说了，上次是什么时候有人给你写信说起吻你的手？）下面，为克制世界一辩。假如我们更了解完美，他们就更懂得欲望。假如我们更了解数目，他们就更懂得绝望。假如我们更了解吹嘘，他们更懂得记忆。他们吻脚，我们吮脚趾。你仍然倾向于等式中我们这一边吗？也许你很对。那么，请尝试一个更为简单的公式：假如我们更了解性，他们更懂得爱。

或许上述分析是完全错误的，我们误以为对优雅风格的分级就是务实。也许吻脚就历来等同于吮脚趾。在信中，他还这么写道："我亲吻你的小手，亲吻你的小脚，亲吻任何你允许我亲吻的部位，甚至你不允许的地方我也要吻遍。"对信的作者与读者来说，这是否已经足够明了？如果是，那么或许反之亦然：对心的体察那时也做得很粗疏，就像现在一样。

然而，当我们嘲笑过去时代里那些矫揉造作的摸索者，我们也应该准备好面对下一个世纪人们的讥讽。我们怎会从未想到过这些？我们信奉进化论，至少认为进化在我们身上达到顶点。但是我们忘了这样就必然要求进化超越于我们唯我独尊的自我之上。那些俄罗斯老人善于梦想更好的时代，我们却漫不经心地为他们的美梦喝彩。

当她的列车继续驶向敖德萨时，他则在奥廖尔的一间酒店里度过了一夜。真是冰火两重天的一晚啊，因为脑袋里全是她的意象而狂喜不已，却也因此辗转难眠。此时，克制的妄念向他袭来。"我发现自己一直在喃喃自语：'我们多么应该一起度过这个晚上啊！'"对此，我们这一务实而又烦躁的世纪回应道："搭上另一列火车！去亲吻她，亲吻那些你未曾吻过的地方。"

这样的行为可能是过于危险了。他必须维持爱的渺茫。于是他给了她一个奢望。他承认当列车即将离开的时候，他突然心血来潮，心生想要绑架她的"疯狂"。当然他很快抵挡住了这一诱惑："电铃打响，然后道声'再见'[1]，就像意大利人说的那样。"但

1　原文为意大利语。

是，假如他真的实施了这一时兴起的计划，想想第二天报纸上的头版头条会刊登些什么吧。"《奥廖尔火车站丑闻》。"他愉快地想象着。奢望啊。"昨天本地发生了一件异常事件：老作家T某陪伴名演员S某搭乘火车前往敖德萨的一家剧院为本季演出。在火车即将出站的刹那，T某有如魔鬼上身，突然将S某女士从车窗拽出车厢，S某女士奋力挣扎，仍无法挣脱……"奢望啊。真实的瞬间却是——可能有一块手绢从车窗里挥舞，可能有火车站的煤气灯光照着老人苍白的轮廓——被重新写入了闹剧或是情节剧之中，写入了新闻文体和"疯狂"之中。诱人的假设与未来无关，它安全地存留于过去。电铃打响，然后，正如意大利人那样说了声"再见"[1]。

他还有另一项策略：匆匆奔向未来，以确保现在爱情的渺茫。虽然没有"任何事件"发生过，但他已经在回顾那一可能发生的事情。"假如我们在未来的两三年内再次相遇，我就该垂垂老矣。至于你，无疑将进入了人生的正常轨道，我们的过去将不留一点痕迹……"他想，两年会让一个老人更加老朽不堪；而对她而言，轻骑兵军官丈夫带来的乏味然而规律的"正常生活"已经在等待着她，可以想见舞台下的轻骑兵军官将马鞭弄得咣当直

1　原文为意大利语。

响，如马一般发出哼哧哼哧的呼声。N.N.弗谢沃洛日斯基。气势汹汹的军服在那位憔悴驼背的小老百姓面前是多么管用啊。

此刻，我们不应该再想着韦罗奇卡了，那个天真、不幸的被监护者。扮演韦罗奇卡的女演员是一个坚毅果敢、敢怒敢言、放荡不羁的人。那时她已经结婚了，为了与她的轻骑兵在一起，她在争取离婚；在她的一生当中，她会结三次婚。她的信件并没有存留下来。她是否让他产生过错觉，以为她爱着他呢？她是否曾经有一点点爱过他？或许她爱他并不止一点点，尽管也曾为他的期待失败、他撩人的克制而伤心难过？她是否可能也跟他一样被他的过往所禁锢？假如对他而言，爱情总是意味着失败，那么难道爱情会对她有所不同吗？假如你嫁了个恋足癖，那么你发现他蜷缩在你的鞋柜里也就无须惊异。

在写给她的信中，他回忆这场旅行，隐约提及"拴住"这个词。他指的是车厢的锁吗？还是她唇上的、心上的锁？抑或是绑缚他肉体的锁？"你知道'坦塔罗斯[1]'面临的困境是什么吗？"他写道。坦塔罗斯的困境在于被无休无止的干渴折磨；水就在他的脖子下翻滚，但是每当他低头去喝水时，那条河就会从他身边流

1　希腊神话中主神宙斯之子，起初甚得众神的宠爱，获得别人不易得到的极大荣誉：能参观奥林匹亚山众神的集会和宴会。坦塔罗斯因此变得骄傲自大，侮辱众神，结果被打入地狱，永远受着痛苦的折磨。

走。我们是否可以就此断言，他曾经企图吻她，但每当他趋身向前，她便抽身退却，移开了她濡湿的嘴唇。

另一方面，一年以后，当一切都安然定型，他写下了这样的话："你在信的末尾说'热烈地吻你'。怎样才是'热烈地吻你'？你的意思是不是要与那晚的吻一样？那个六月的夜晚，我们在火车车厢里。如果我活一百年，我将永远无法忘记那些吻。"五月成了六月，怯懦的求婚者变成了欣然接受狂吻的猎艳者，锁渐渐松动。这是事实吗？抑或那个才是事实？现在，我们想要利索点，但难得利索啊；是心牵动性，还是性牵动心？

3
梦想之旅

他曾旅行。她也曾旅行。但他们未曾一起旅行；再也没有。她去他的庄园探访他，在他的泳池里游泳——他把她称作"圣彼得堡的水中女神"——当她离开以后，他以她的名字命名她睡过的房间。他吻她的手，他也吻她的脚。他们相遇，他们鸿雁传书，直到他去世。此后，她竭力保护人们记忆中的他免遭庸俗的曲解。但是，他们仅仅一起旅行过三十英里。

他们原本可以一起旅行。假如那样就好了……假如那样就好了。

但是，他是"假设"的行家，于是他们就一起旅行了。他们在条件式过去式中旅行了。

她即将再婚。N.N.弗谢沃洛日斯基，轻骑兵军官，咣当，咣当。当她想为自己的选择向他征询意见时，他拒绝回答。"现在问我意见，已经太迟了。酒已经取出——就得喝了它[1]。"她是否以一个艺术家向另一个艺术家询问的方式，征询他对她即将嫁给一个与她少有共同之处的人的意见？或者并不仅如此？她是否在提出她自己的假设，请求他惩罚她遗弃了自己的未婚夫？

但是这个像祖父一样的人——他自己可从来没有结过婚——拒绝给予任何惩罚或是褒奖。"酒已经取出——就得喝了它。"[2]在情感的关键时候，他是不是习惯于用外语表达？是不是法语和意大利语可以提供文雅的委婉语帮助他逃避现实呢？

当然，假如他鼓励她对她的第二次婚姻有所迟疑，那么就会引入太多的现实，就会引入现在时。他一锤定音：喝了这酒吧。命令一旦下达，幻想便可继续。二十天以后，他写了另外一封信，信中如此写道："就我而言，我总是梦想着如果我们能一起旅

---

1 原文为法语。
2 原文为法语。

行那有多好——就我们两个人——至少旅行一个月，没人知道我们是谁，没人知道我们在哪儿。"

这是一个平平常常的逃避之梦。就只有两个人，隐姓埋名，时间任他们掌控。这当然也可以说是一场蜜月之旅。精明世故的艺术阶层不去意大利度蜜月，还能哪儿？"不妨想象一下这幅画面吧，"他打趣道，"威尼斯（也许在十月吧，那是游览意大利的最佳时节）或罗马。两个穿着旅行装束的外国人——一个高大、笨拙、白发、长腿，但是非常满足；另一个则是一位纤瘦苗条的小姐，有着一双迷人的黑眼睛和一头黑发。让我们假定她也是满足的吧。他们在城镇里闲逛，乘坐贡多拉[1]，他们去画廊，进教堂，等等，夜间他们共进晚餐，一同去剧院看戏——然后呢？至此，我的想象礼貌性地打住。是否因为想遮掩些什么，或者没有任何东西可遮掩？"

他的想象就此打住了吗？我们的可没有啊。对于下一世纪的我们来说，接下来发生的事情可真算得上是稀松平常。一位巍巍颤颤的老人在一个摇摇欲坠的城市与一名青春年少的女演员共度一场冒牌蜜月。在亲密的晚餐之后，贡多拉船夫将他们一桨一桨地送回酒店，轻歌剧在他们耳畔回旋。接下来发生什么还需要

1　又名"公朵拉"，威尼斯特有的尖头小舟，当地人以之代步。

讲吗？我们不讨论现实，所以老人的孱弱、被酒精腐蚀的肉体不再是个问题；我们安安稳稳地置身于条件句中，旅行毯包裹着我们。所以，假如这样就好了……假如这样就好了……那么你就可以操她了，不是吗？这是无法否认的。

幻想着与一个仍围绕在丈夫身边的女人到威尼斯共度蜜月，并对这样的幻想做精心描绘，是具有危险性的。当然，你可以选择再度宣布放弃她，只是在挑起她的想象之后，你有可能会在某天早上发现她就站在你家门口，倚靠在行李箱边，手里拿着护照，羞涩地把护照当扇子扇。不，更真实的危险是面对痛苦的危险。禁欲意味着逃避爱，继而能逃避痛苦，但是即使在这种逃避之中也布满了陷阱。例如，痛苦会存在于你止乎礼的威尼斯幻想与摆在眼前的事实之间的落差之中。事实是：她在自己的蜜月旅行中，会与N.N.弗谢沃洛日斯基——那个轻骑兵军官，那个不懂学术、沉迷肉欲的人——交欢。

什么能治愈伤痛？那些自作聪明的老人会回答：时间。你更加清楚。你足够理智，明白时间并不是总能治愈伤痛。人们通常认为性爱是篝火，是灼干眼球的烈焰，最后将熄灭，归于凄冷的灰烬，这种意象需要调整。如果可以，不妨试试嗞嗞作响、灼灼烤人的汽灯焰吧，但是它可能更糟：它发出妒忌、暗淡而又无情的光亮，这一光亮捕捉住了一位老人，在火车驶出的那会儿，他站在一个州火车站月台上。这个年迈体衰的老人紧盯着昏黄的车窗，凝视着那只即将从他生命中抽走的手。老人跟随火车走了几步，望着它蜿蜒地消失在远方。他的眼睛仍紧紧地盯着守车[1]上的红灯，直至它变得比夜空中红宝石般的行星还要微小。继而他转过身来，发现自己仍独自站在月台灯下，未来的数小时内除了在一间有霉味的酒店里等待之外，别无他事。他试图说服自己，告诉自己他赢了，心里却清楚地知道自己输了。这一个无眠之夜他将用无数个温暖的假设来填满，然后再度回到火车站，再一次独自站立，站立在和煦的阳光下，去开启另一场更为严酷的旅行：搭乘火车驶回前一晚与她共同度过的三十英里行程。他将用他余下的一生铭记这段从姆岑斯克到奥廖尔的旅程，而这段旅程也将永远地被那无从记录的奥廖尔到姆岑斯克的返程之行覆上阴影。

所以他提议另一场梦想之旅。旅行的目的地依然是意大利。但是她已经结婚了。她身份已然改变，不再是个有趣的讨论话题。喝下这酒吧。她即将去意大利，可能与她的丈夫同行，我们最好不要打听她的旅伴。他赞同这场旅行，只是因为这让他为她提供了一项选择。这次不是有竞争意味的蜜月之旅，而是回到无痛苦的过去条件句。"在佛罗伦萨，我度过了生命中最快活

---

1 挂在列车最末端的一节车厢，供列车员执行任务之用。

的十天，那是在很多很多年以前。"时间能麻醉伤痛。很多很多年前，那时他"还不到四十岁"——人生的基础还未成为克制。"佛罗伦萨给我留下了最目眩神迷、最诗意盎然的印象——即使是我独自一人。如果当时有个善解人意、美丽善良的女子陪伴着我，那将会何等惬意啊——至善至美！"

这是很安妥的。幻象可以掌控，他的天赋是误忆。几十年以后，这个国家的政治领袖们将孜孜地修去历史上的没落者，抹掉照片上的道道痕迹。现在，他则是埋头专注于他的照相簿子，小心翼翼地将过去同伴的形象插入其间。把那个怯生生、娇滴滴的韦罗奇卡的相片贴上，而此时灯光照耀在他的白发上，留下黑色的阴影。

4

在亚斯纳亚波利亚纳[1]

在与她会面后不久，他与托尔斯泰住到了一起。托尔斯泰时常带他出去打猎。他被安顿在最佳埋伏点，在那上空时常会有沙

---

1 俄罗斯文学家列夫·托尔斯泰的故乡。

锥鸟经过。但是，那天的天空，在他看来，一直寂寥苍茫。从托尔斯泰的埋伏处经常会传来枪响声；一声，再一声。所有的沙锥鸟都奔向托尔斯泰的枪口。这似乎是再自然不过了。他自己只打中过一只落单的鸟儿，但是随行的狗没有把它找到。

托尔斯泰认为他毫无能耐、优柔寡断、缺乏男子气概，还是个轻浮的交际老手和可鄙的"西化"鼓吹者。托尔斯泰接纳他，厌恶他，与他在第戎共度了一周，跟他吵架，又原谅了他，看重他，拜访他，又要求与他决斗，拥抱他，鄙视他。当他在法国奄奄一息之时，托尔斯泰这样表达了他的同情之意："得知你患病，我非常悲痛，尤其是在确定你病得不轻之后。我意识到我是多么关爱你。假如你死在我先头，我必定异常伤心。"

那时，托尔斯泰对克制一说嗤之以鼻。之后，他开始痛斥肉欲，美化和推崇农民基督徒式的简朴单纯。他试图保持贞洁，但屡屡以喜剧收场。他是一个骗子，一个假冒克制者吗？或者他只是缺乏技巧，而他的肉体拒绝克制而已？三十年后，他死在了一个火车站里。临终前他的话并非是："电铃打响，然后，正如意大利人那样说了声'ciao'。"这位成功的克制者是否嫉妒他那不禁欲的同侪？有的戒烟者拒绝别人递来的香烟，但是会说："朝我喷烟吧。"

她旅行，工作，结婚。他请求她把依照她的手的模样制成的石膏模型寄给他。他曾经多次吻过这只活生生的手，几乎在每封写给她的信中都吻了这只想象中的手。现在，他可以在石膏模型上按上他的双唇了。相较于空气，石膏的质感是否更接近于肉体？或者说石膏是否将他的爱与她的肉体凝固成了纪念物？他的这一请求不乏讽刺意味：通常，是作家那富有创造性的手才会被塑成石膏；通常，这么做的时候，这位作家已经去世。

所以当他日渐衰老，他心里明白了她是——已经是——他此生最后的爱。既然他如此重于形式，此刻他是否还记得自己的初恋？他是这方面的老手。他可曾思虑初恋将影响人的一生一世？初恋要么迫使你重复同一类爱恋，盲目迷恋其构成，要么成为一个警示、陷阱、反例。

他的初恋发生在五十年前。她曾是某位沙霍夫斯卡娅公主。那年他十四岁，她二十多岁。他爱慕她，她却只是把他当作一个孩子。这让他困惑不已，直到有一天他发现了原委。她已经成了他父亲的情妇。

他与托尔斯泰一同猎杀沙锥鸟的第二年，他再度来到亚斯纳亚波利亚纳。那天是索妮娅·托尔斯泰的生日，宾客盈门。他提议每人讲述人生中最快乐的时光。这游戏轮到他自己时，他兴致勃勃，脸上浮现出他惯有的让人悲伤的微笑，向众人宣告："我这一生最快乐的时刻当然是爱的瞬间。那一瞬间，你与你所爱的女人四目相视，你感觉到她也爱着你。这种美妙的时刻我曾经历过一次，或许两次。"托尔斯泰觉得这答案很气人。

之后，年轻人坚持要跳舞，他向众人展示了巴黎最新的舞姿。他脱去外套，将大拇指插在马甲的袖孔里，弹跳、踢腿、摆头，白发翻飞。全场的人都为他鼓掌喝彩；他气喘吁吁地跳着跳着，突然倒了下来，瘫倒在一张扶手椅上。这是一场巨大的成功。托尔斯泰在他的日记中写道："屠格涅夫——康康舞。悲伤。"

"一次，可能是两次。"她是否是那"可能的第二次"？可能吧。在他的倒数第二封来信中，他吻她的手。他的最后一封信是用一根不中用的铅笔写就的，在信中，他并没有提及吻。相反，他写下了这样的话："我不会改变我的爱慕之情——我对你的爱至死不渝。"

死亡在六个月后降临。她的石膏模型手如今保存在圣彼得堡的戏剧博物馆里，在那座城市，他第一次亲吻了她的手。

警惕

一切都开始于我对那个德国人戳了一下。当然，他也有可能是奥地利人——毕竟听的是莫扎特——而且，一切其实并不是从那时开始，而更在数年之前。尽管如此，最好还是给出个确切的日期，你不觉得吗？

故而：在十一月的某个周四，皇家节日音乐厅[1]，晚上7点半，先是安德拉斯·席夫演奏的莫扎特K595钢琴协奏曲，然后是肖斯塔科维奇第四交响曲。我记得在出发的时候我在寻思，肖斯塔科维奇的某些篇章可列为音乐史上最为洪亮的作品，它们的音响盖过一切。然而这是后话。晚上7点29分：音乐厅已满，观众正常。最后到的那几个人正从赞助商楼下的会前酒会踱步而来。这种人你知道的——哦，好像已经过半了，不过我们还是把这杯喝完，

1　英国著名大型音乐厅，可容纳2900座，位于伦敦。

方便一下后再上楼，沿途还要推搡着穿过五六个人。慢慢来，兄弟：老板在忙着收钱呢，这样海丁克大师就可以在演员休息室多待会儿了。

那个奥地利-德意志人——说句公道话——至少是7点23分就到了。他身材矮小，有点秃顶，戴着眼镜，立领上佩着一个红领结，穿的并不是正式的晚装，而可能是他家乡那里典型的约会装束。他还非常冒失，我想，部分原因是他拉着两个女人，一边一个。他们都已三十多岁，在我看来，这个年纪都该有些见识了。"这几个座位不错。"当他们在我的前面找到自己的位子时，他说道。J37、38和39号。我在K37号。我立马就讨厌他。讨厌他向其同伴夸耀自己为她们买的票。我猜想，这些票也许是他从某个票贩子那里搞来的，搞到手了才松了口气；不过他可没那样说。为什么要让他起疑呢？

如我所说，观众都很正常。80%是白天从市区医院里放了出来的，肺病病房和耳鼻喉科的优先拿到了票。如果你咳嗽，并且超出了95分贝，那现在就来预订更好的位子吧。至少，人们在音乐会上不会放屁。反正我从来没有听到过有人放屁。你有吗？我希望他们放。因为这在一定程度上证实了我的观点：如果你可以压制住身体的这一端，为什么不能压制住另外一端呢？据我的经验看，两者受到的警告大致是相同的。但是总体上，人们在莫扎特音乐会上不会肆无忌惮地放屁。所以我觉得，那些阻止我们堕落到纯粹野蛮状态的文明的残迹就是憋住。

开始的"快板"进行得非常顺利：几个喷嚏声，有人在平台中央吐浓痰，此人几乎需要接受手术干预，一个电子表的铃声，还有窸窸窣窣翻阅节目单的声音。有时候我想，他们应该在节目单的封面放一段使用指南。例如："这是一份节目单。向您介绍今晚的音乐。您不妨在音乐会开始前浏览，以了解音乐会内容。如果您浏览晚了，就会给他人造成视觉干扰，并且发出一些低微的噪声，您会错过某些音乐，并有打搅邻座的危险，尤其是坐在K37号的那位男士。"节目单上偶尔也会有少量的信息，类似于建议，告诉你关掉手机或者咳嗽时使用手帕。可是，有人会在意吗？这就像吸烟者看到烟盒上有害健康的警示一样。他们看在眼里，却没往心里去；某种程度上，他们觉得这警示并不适用于他们。音乐会上的咳嗽者想必也是如此。我倒并不想听上去太过善解人意：那是宽容心所在。要不就这么说吧，你会多久看到有人拿出手帕来掩盖咳嗽的声音？有一次，我坐在正厅前座区的后面，T21号。巴赫的双重协奏曲。我的邻座，T20号突然开始像一匹横卧的野马一样拱起身子，盆骨奋力向前，疯也似的去掏他的手帕，结果同时勾出了一大串钥匙。钥匙应声落地，让他乱了阵脚，举手帕和打喷嚏都不是一个方向。真是太感谢您了，T20号。接下来，缓慢乐章的一半时间他都在焦急地盯着他的钥匙。最终他用自己的脚盖住了钥匙，解决了这个难题，重新心满意足地盯着台上的独奏者。时不时地从他移动的脚下会传来微弱的金属碰撞声，这也为巴赫的乐曲增添了些颇为有益的装饰音。

"快板"结束，海丁克大师缓缓地低下头，仿佛是给每个人下了许可令，允许他们用痰盂，允许他们聊圣诞购物。J39号——那个维也纳金发女郎，老是在翻节目单，不停摆弄头发——与J38座的立领先生相谈甚欢。他不停地点头，表示他对套衫或者其他什么东西的价钱的认同。或许他们是在议论席夫指间的精妙，不过我对此表示怀疑。海丁克抬起头，暗示聊天时间已过，他举起拐杖，要求停止咳嗽，然后微微竖起耳朵，侧转身子，示意他——就他个人而言——现在想要认真聆听钢琴家的开场了。你兴许知道，"小广板"以一段无其他乐器支撑的钢琴开始，而那些费心读节目单的听众肯定知道，这段开场曲被称作"简单、宁静的旋律"。也正是这一段协奏曲，莫扎特决定不用任何小号、竖笛和鼓，也就是说，邀请我们和钢琴更加亲密地接触。就这样，海丁克歪着头，席夫演奏了最初几个静谧的小节，J39想起了关于套衫她还有些话要讲。

我探身戳了一下那个德国人，或者奥地利人。顺便一提，我对外国人并无敌意。诚然，如果他是一个体形巨大、爱啃汉堡又穿着世界杯T恤的英国佬，我可能会再思而行。既然实际上他是奥地利－德国人，我确然做了再思。思路如下：一、你现在来我的国家听音乐，那就别像在自己国家那样为所欲为；二、考虑到你的国籍，在莫扎特音乐会上有如此行为就更加恶劣。于是，我用大拇指、食指和中指组成一个三脚架，狠狠地戳了一下J38。他本能地转过身，我瞪视着他，并用手指轻轻拍打嘴唇。J39停止饶舌，J38一脸愧疚，这让我很满意，J37看起来有点被吓到了。于是，K37——我——回到音乐中。并不是说我能专注音乐了，而是我感觉喜悦就像打喷嚏的冲动一样在我体中升腾。这么多年之后，我终于这样做了。

回家后，安德鲁用他惯常的逻辑来打击我。也许，我的这位受害者认为这样做无伤大雅，因为周围人都在这样干；这样不是不礼貌，而是在表示礼貌——在伦敦的时候[1]……此外，安德鲁想知道，当时的很多音乐难道不就是为了王室贵胄而作的吗？那些个恩主及其随从难道不是一边闲庭信步、享受自助晚餐、朝竖琴师扔鸡骨头、和邻座的老婆调情，一边心不在焉地听他们低贱的雇工敲击风琴？可是这些音乐并不是抱着不良行为创作的，我反驳道。你怎么知道？安德鲁答道：这些作曲家当然知道人们会怎

1　原文为德语。

样来听他们的音乐，于是，要么写出格外洪亮的乐曲来盖过丢鸡骨头和打嗝儿的声音，要么，更有可能的是，创作出美轮美奂的曲子，这样，即使是一个荒淫好色、土头土脑的男爵也会刹那间停止玩弄药剂师老婆那裸露的肌肤。难道这对演奏者不算是挑战吗？或许，正是因此，他们最终的音乐才会如此恒久千古，如此美妙动听？最后，我这个并无大碍的硬翻领邻座或许是那个土头土脑的准男爵的直系后裔，他这样做只是在继承家族习俗：他付了钱，听多听少是他的选择和权利。

"二三十年前，"我说，"在维也纳，如果你听歌剧时发出哪怕是最轻声的咳嗽，一位穿及膝马裤、涂脂抹粉、戴假发的男仆便会走过来给你一颗止咳糖。"

"那肯定会更加让人分心。"

"但下次他们便不会再咳嗽了。"

"不管怎么说，我不明白你为什么还去听音乐会。"

"为了我的身心健康，医生。"

"看来是适得其反。"

"没人能阻止我去音乐会，"我说，"谁也不行。"

"咱们别谈这个了。"安德鲁答道，看向一边。

"我可没在谈。"

"那就好。"

安德鲁认为，我应该待在家里，和我的音响、我收藏的CD以及我们宽容友善的邻居为伍，我们的邻居很少会在界墙的另一边清喉咙。如果去音乐会只会让你生气，为什么还要想着去呢？他问道。我之所以这样，我告诉他，是因为，当你身处音乐会大厅，你付了钱，不辞辛苦地过去，你就会听得更加投入。可事实并不像你告诉我的这样，他回答道：大部分时间你好像都心不在焉。噢，当然，如果我没有被打扰，我肯定会更加投入。那么，一个纯理论的问题是，你究竟会更加关注什么呢（你明白安德鲁有时是很咄咄逼人的）？我沉思片刻，然后说：实际上是大音位和弱音位。对于大音位而言，不管你的音响系统有多么精良，没有什么堪比上百个乐师在你面前震耳欲聋地合力演奏。至于弱音位，那就更加吊诡了，因为你以为任何高保真音响都可以将它们演绎得很好，其实不然。例如，缓慢舞曲开始的几小节，漂越了20、30、50码的空间；不过，"漂"并不是合适的字眼，因为这一用语隐含游移的时间，而当音乐奔向你时，一切时间感顿然消弭，空间感、位置感也莫不如此。

"告诉我，肖斯塔科维奇怎么样？足以洪亮到盖住那帮浑蛋吗？"

"哦，"我说，"这倒是个挺有趣的问题。你知道它是如何以宏大的高潮开场的吗？它让我意识到我谓之大音位的意义。每个人都在极力制造噪声——铜管乐队、定音鼓、大破鼓——你知道最突出的是什么吗？木琴。那个女人奋力猛击，木琴发出的声音如铃声一般清脆。好吧，如果你是在唱片上听到这个声音，你会以为这是某种精巧工程的结果——聚光灯强调，或者无论其他什么称呼。在大厅里你就知道，这正是肖斯塔科维奇想要的效果。"

"这么说你度过了一段美好时光？"

"可是，这也让我意识到，音调才是重要的。短笛也是以这种方式脱颖而出。所以，它要较量的并不只是咳嗽、打喷嚏和它们的音量，还有音乐的质感。当然，这意味着即使在震耳欲聋的时候，你也无法放松。"

"应该来个涂脂抹粉、戴假发的人给你些止咳糖，"安德鲁说，"不然，你知道，我觉得你一定会气得呜哇乱叫不可。"

"那也是因为你。"我答道。

他知道我指什么。让我跟您讲讲安德鲁吧。如今我们已经同居了有二十年，或者更长的时间。我们在三十八九岁时相遇。他在V&A的家具部上班。日复一日，无论阴晴，从伦敦的一边穿梭到另一边。途中，他做两件事：一、用随身听听磁带上的有声书；二、留心沿途的木柴。我知道，这听起来好像不太可能，但多数时候他的篮子里装满了木柴，足够晚上使用。因此，他骑着自行车，听着第325盘磁带——《丹尼尔·德隆达》——从这一文明之地奔向另一文明之地，一路上时刻留意旧料桶和掉落的树枝。

可是，不止如此呢。尽管安德鲁知道很多叉道上木柴枝蔓，他却把旅途的大量时间花在高峰时段的车流里。你也知道那些开汽车的是什么德性：他们只注意其他开汽车的。当然，还有公交车和卡车，偶尔留意下开摩托车的，但是从来都不会在意骑自行车的。这点让安德鲁很抓狂。看看他们，舒舒服服地坐着，吐着烟雾，一人一辆车。堵在这儿的就是一群糟蹋环境的自大狂，他们一个劲儿地企图拐进大约18英寸宽的空隙里，完全不先核实一下是否有骑自行车的人在。安德鲁对他们大吼大嚷。我文明的朋友、同伴、前情人安德鲁，手执恢复剂，已经在精细镶嵌工艺品上埋头忙活了半天的安德鲁，耳朵里灌满了维多利亚全盛时期的语句的安德鲁，突然怒吼道：

"你他妈的王八蛋！"

他还吼道："祝愿你得癌症！"

或者："他妈的往卡车下面开，蠢货！"

我问他会对女司机说什么。

"噢，我不会叫她们王八蛋，"他回答道，"通常一句'你他妈的婊子！'就够了。"

说罢，他骑走了，去寻找木柴，同时为书里的主角格温德琳·哈莱斯担着心。他经常在司机挡住他的路时用自己的羊皮手套狠狠地敲打汽车顶。那声音听上去肯定很像施特劳斯或亨策[1]音乐中的雷车[2]。他还会啪地扳转后视镜，把它们折向车身。这一举动让那些浑蛋暴跳如雷。但是他现在不这样干了；大约一年前，一辆蓝色蒙迪欧的车主追上他，把他从自行车上逼了下来，对他大肆威胁了一番，安德鲁因此害怕了。现在，他只会声嘶力竭地骂他们他妈的王八蛋。他们没法反对，因为他们就是那号人，而且他们自己心知肚明。

我开始在去音乐会的时候带些止咳糖。发糖果时我就像是在开现场罚单，距离近的我当时就递给他们，远的违规者，我会在场间休息时送去给他们。但是，正如所料，效果并不理想。如果你在音乐会当中给某个人一颗包着的糖果，那你就得听他剥去糖纸的声音。而如果你给他们一颗不带包装的糖果，他们几乎不太可能会直接丢进嘴里，不是吗？

有些人甚至没有意识到我是在发动攻势，或者在恣意报复；他们确实以为这是友好之举。有一天晚上，我在吧台旁拦下了那个男孩，将我的手放在他的手肘上，力度不够大，使得这一举动暧昧不明。他转过身，黑色高领毛衣，皮夹克，金色刺头，和善的宽脸。瑞典人，或丹麦人，或许是芬兰人。他看了看我伸手递给

---

1 汉斯·维尔纳·亨策（Hans Werner Henze, 1926—2012），德国当代作曲家。
2 美国动画片中的超级无敌战车。

他的东西。

"妈妈一向告诉我绝不要拿面慈目善的先生给的糖果。"他笑道。

"你刚才在咳嗽。"我回应道，声音很轻，听不到生气的口吻。

"谢谢。"他拿住糖果包着的一端，轻轻地从我的指间拽了过去，"想要喝点什么吗？"

不，不，我什么都不想喝。为什么不？原因是我们都不愿提及的。我正站在2A这一层的侧楼梯上。安德鲁去方便了，我才和这个男孩攀谈起来。我以为我还有些时间。然而，我们正在相互交换电话号码时，我转身看到安德鲁在注视着我们。我很难装作是在买一辆二手车，或者说这样的事是第一次发生。或者……装作是其他任何事情，真的。我们没有回到座位上去听后半场音乐会（马勒第四交响曲），而是度过了一个漫长、糟糕的夜晚。那是安德鲁最后一次跟我去音乐会。他也不再想和我同睡一张床了。他说他（可能）依然爱我，（可能）依然和我同居，但是他再也不想操我了。后来，他说谢谢你啦，他甚至也不想有任何和性沾边的举动。或许，你以为安德鲁的这一态度会让我对那个笑嘻嘻的、面容和善的瑞典或芬兰或管他什么国家的男孩说，好的，谢谢，我想喝一杯。但是，你错了。不，我不想喝，谢谢你，不喝。

办好一件事是很难的，不是吗？对于表演者来说，想必也是如此。如果他们忽略那帮得了支气管炎的浑蛋，他们也是在冒险，因为他们很可能被当作是对于音乐过于投入。嘿，尽兴地咳嗽吧，他们不会在意的。但是，如果他们企图施加权威……我目睹布伦德尔在演奏贝多芬的奏鸣曲时忽然游离键盘，朝冒犯者所处的大致方向怒目而视。但是那个浑蛋甚至可能根本未注意到布伦德尔训斥的目光，而我们其他人则开始惴惴不安，担心他是否已心烦意乱，等等。

我决定采取新举措。这止咳糖的方法，犹如骑自行车的向开汽车的做出一种表意的手势：是的，您太好了，感谢您变换车道，反正我正准备来个急刹车，然后吓出个心脏病来呢。根本没用。或许是时候敲一敲他们的车顶了。

让我跟你解释下我这个人，我身体相当健壮：健身房里待了二十多年对我可没坏处。与一般鸡胸的音乐会听众相比，我算得上是个卡车司机。而且，我穿一件深蓝色、厚实的谢尔盖西装，白色T恤，系一条深蓝色朴素领带，在翻领上别一个盾形的纹章徽章。我选择这一套服装却是别有用心的。违规者普遍会误以为我是个正儿八经的引座员。最后，我从正厅前座移到了加座。就在观众席的周边：从这儿你可以一边紧跟向导，一边巡视正厅前座和楼厅的前半部。这位引座员不会分发止咳糖。他会等到场间休息时再派发，然后跟着那个冒犯者大摇大摆地走出音乐厅，来到吧台，或是拥有宽阔视野、可以欣赏泰晤士河天际线的区域，这些区域大都没什么两样。

"不好意思，先生，不知您是否注意到了您刚才那个毫无顾忌的咳嗽所达到的音量？"

他们紧张地看着我，而我呢，确保我的声音也是毫无顾忌。

"据估算，它达到了85分贝，"我继续道，"小号的响亮音也大致如此。"我很快便学会这时候不能给他们机会解释自己如何患上了这种讨厌的咽喉病，再也不会这样了，或者其他什么。"那么，谢谢您，先生，劳您大驾……"我继续说下去，那个"我们"历久犹存，是对我半官方身份的认可。

对待女士，我则有不同的方式。就像安德鲁所指出的那样，"你他妈的浑蛋"与"你他妈的婊子"是必定有区别的。而且，往往有这样的问题，即，从用时髦的手绘在洞穴上涂了红色野牛以来，她身边的男伴或者她丈夫的心里就激荡不已。"夫人，我们对您的咳嗽深表同情，"我几乎像个医生似的低声说道，"可是，乐队和指挥觉得毫无助益。"如果他们仔细推敲，此言甚至更加冒失；这与其说是在敲车顶，倒不如说是把后视镜折向车身。

可是，我也很想敲敲车顶。我想冒犯一下别人。好像这样才对头。于是我想出了各种各样骂人的台词。例如，我会先确认冒犯者，然后跟着他（据个人统计，往往是个男士）到他幕间休息时手端咖啡或者半杯啤酒站立的地方，用治疗师称为"非对峙的方式"问他："打搅了，请问您喜欢艺术吗？您经常去博物馆和画廊吗？"

通常这都会引起对方积极的回应，即使其中还夹杂着些许怀疑。难道我身上藏着一个笔记板或调查问卷？所以，我会紧接着继续问道："您最喜欢的画是什么呢？或者其中之一是什么呢？"

人们喜欢被问到这样的问题，我被赐赏的答案有：《干草车》[1]《镜前的维纳斯》[2]或者莫奈的《睡莲》等。

"我说，想象一下，"我会礼貌且欢悦地说，"您此刻正站在《镜前的维纳斯》前，我站在您的身边，正当您在欣赏这幅您最喜爱的举世闻名的大作时，我开始朝它大吐口水，弄得画布上挂满口水。您会怎么样想呢？"我依然保持这份理性十足、一本正经的口吻。

他们的回应各种各样，有蓄意动手的，也有反思的，有"我要叫保安了"，也有"我觉得你是个疯子"。

"正是如此，"我走近一些，回答道，"所以，别"——说到这儿，我有时候会戳一下他们的肩膀或者胸膛。这一戳比他们预想的力度要大——"别在欣赏莫扎特的过程中咳嗽。这时咳嗽就

1　英国19世纪风景画家约翰·康斯太勃尔的代表作。
2　西班牙17世纪画家迭戈·委拉斯凯兹的作品。

像向《镜前的维纳斯》吐口水。"

这时候，多数人会显得不好意思，也有少部分人会适时表现出像在商场顺手牵羊被抓时的窘相。还有一两个会问："你以为你算老几？"对此，我回答："只是一个像你一样买了票来听音乐的人。"请注意，我从未声称自己是个当官的。然后，我追加一句："而且，我会一直盯着你们的。"

还有些人会撒个谎。"是因为花粉过敏。"他们说。我则回应道："你还专门把花粉带进来了，是吗？"一个学生模样的人深表歉意，说他没把握好时机："我以为我了解这曲子。我以为那里该是一个突高潮，没想到音量渐弱。"正如你能想象的那样，我狠狠地瞪了他一眼。

但是，我无法假装每个人要么通融迁就，要么垂头丧气。穿细条纹衫的怪老头，吵吵闹闹的讨厌鬼，身边带着一群傻傻窃笑女人的硬汉子：这帮人有时候可难弄呢。我通常会走一遍我的流程，于是他们就说："你以为自己是老几啊？"或者："哎，给我走开，行吗？"——诸如此类的回应，其实并没有针对问题；还有的会看着我，好像我才是个怪人似的，然后对我不屑一顾。我不喜欢他们这样，我认为这是很不礼貌的，于是我用手肘轻推一下他们拿饮料的手好让他们转向我；如果就他们几个人，我会靠近他们，说："听我说，你们他妈的浑蛋，我会一直盯着你们的。"被这样骂，他们通常都会不乐意。当然，如果旁边有一位女士，我会适当缓和言辞。"你们这些自私自利的傻瓜，"我说道，然后稍停片刻，像是在寻找恰当的措辞，"怎么着？"

其中一人招来了音乐厅的引座员。我看穿了他的意图，所以我端着一杯容量适中的水径直坐下，偷偷拿掉我的纹章徽章，做出一副非常讲理的样子。"真高兴他把您叫了过来。我正想找个人咨询一下。对肆无忌惮的咳嗽者，音乐厅到底有什么对策？我想，到了某个程度，你们会采取措施，请他们离开的吧。如果您可以详述一下提意见的程序，我相信今晚很多听众都会欣然支持我的提议，即，今后请别把票订给这位，嗯，绅士。"

安德鲁还在琢磨切实可行的解决方法。他说我应该改去威格莫尔音乐厅[1]。他说我应该待在家里听唱片。他说我大多数时间都在保持警惕，根本不可能专注于音乐。我告诉他我不想去威格莫尔音乐厅：室内乐我留到以后再听。我想去节日音乐厅[2]、阿尔伯特音乐厅[3]和巴比肯[4]，没人能阻止我。安德鲁说我应该坐在经济座上，坐在高坛中或者流动听众之中。他说，那些坐在豪华座里的人就

---

1 世界最著名的音乐厅之一，主要用于独奏和室内乐的演奏，位于伦敦。
2 即皇家节日音乐厅。
3 即皇家阿尔伯特音乐厅，英国著名大型音乐厅，位于伦敦。
4 即巴比肯艺术中心，位于英国伦敦，定期举行音乐、戏剧、电影节目及艺术品展览，是全欧洲最大的表演艺术中心。

像——其实，很有可能——和那些开宝马的、路虎揽胜的和沃尔沃的是同样的人，都他妈的是些浑蛋，我还指望什么呢？

我告诉他，我有两个建议可以用来改善人们的行为。第一个建议，在头顶天花板上安装聚光灯，而如果有人制造的噪声超过一定程度——这个规定应在节目单中说明，还得印在票上好让那些没有买节目单的听众也对这个惩罚有所知晓——那么他位置上的灯就会亮起，此人还必须坐在那儿，像被关在猪圈里一样，一直到音乐会结束。我的第二个建议则较为慎重。要给音乐厅的每一个座位都装上电线和一个微型的可控电震，震动的强度依据座位上人的咳嗽、打喷嚏、抽鼻涕的声音各不相同。这样做往往会——正如针对不同物种而做的实验结果所显示的那样——阻止犯规者重蹈覆辙。

安德鲁说，除了出于法律上的考虑，他还预见到我这一计划会遭遇两大反对意见。第一，如果一个人的身体受到电击，他或她就可能发出比之前更大的噪声，这无疑会适得其反。第二，尽管他在感情上很支持我的谋划，但在思想上他断言，假如对听音乐会的人实施电刑，那么由此产生的实际效应很可能是他们将来就不太愿意订票了。当然，如果伦敦爱乐乐团在一个完全空旷的音乐厅演奏，那他可以预见肯定没有任何外部噪声困扰我了。所以呢，是的，那就可以实现我的目标了，不过，除了我没别人坐在那儿的话，乐团可能需要超乎想象的高额赞助费。

安德鲁就这么叫人来气，难道你不觉得吗？我问他有没有试过欣赏一段关于人性的安静、忧伤的音乐，而旁边正有人在打手机。

"我想知道那音乐是用哪种乐器演奏的，"他答道，"或者根本就不用乐器。你只要将一千多个听众绑在座位上，然后悄悄地将一股电流传遍他们全身，同时告诫他们别出声，不然就会震得更厉害。你会听到压低的呻吟和叹息，还有各种各样低沉的吱嘎声——这就是你所谓的关于人性的安静、忧伤的音乐。"

"你也太愤世嫉俗了，"我说，"说实话，这还真是个不错的主意。"

"你今年多大了？"

"你应该知道的。我上次生日你忘了。"

"这只表明我老了。继续，说你多大了。"

"比你大三岁。"

"那就是？"

"六十二。"

"还有，如果我说得不对，就纠正我，可是你并不是一直都这样吧？"

"不是的，医生。"

"你年轻的时候，也经常去听音乐会，但你只是坐在那儿开心地听完就好？"

"我记得，是的，医生。"

"那是因为现在其他人的素质越来越低，还是因为你老了变得更加敏感了？"

"人们素质越来越低，所以让我变得更加敏感。"

"那你是什么时候注意到他们这个改变的呢？"

"从你不再同我一起去开始的。"

"我们不谈这个。"

"我没在谈。是你在问问题。的确是从那个时候开始的，从你不再和我一同去开始的。"

安德鲁思忖片刻。"这正证实了我的观点。你是从自己一个人去听音乐会开始才注意到了别人的改变。所以，其实一切都是因为你，而不是他们。"

"那你跟我一起去，我就不会那样了。"

"我们不谈这个了。"

"好，我们不谈这个。"

几天后，我在楼梯上绊倒了一个男人。他特别气人，和一个穿短裙的粗俗女子最后一个到场，两腿叉开，向后靠着；摇头晃脑地左顾右盼。在乐章中间停顿时（这可是西贝柳斯的协奏曲）他们聊着天，还相互搂搂抱抱。当然还有揉节目单的声音。然后，在最后一个乐章时，猜他干了什么？他靠在同伴的身上，在她的大腿内侧奏起了双音。她装作无视他的样子，乐呵呵地用节目单敲打了一下他的手，于是那男人坐直了身子，他那张直冒傻气、扬扬自得的脸上露出了满意的笑容。

中场休息时，我径直向他们走去。这个人，怎么说呢，可嚣张啦。只说了句"去你妈的，蠢货"便推开我走了。就这样，我跟着他们一直到2A层的侧楼梯上。他显得很着急，可能是赶着咳痰、吐口水、咳嗽、打喷嚏、抽烟、喝酒或者是赶着给他的电子表定上闹钟提醒他什么时候用手机。我看准他的脚踝一脚踢了过去，他从半空摔了下去，来了个脸朝地。他是个大块头，看上去像是出血了。和他一起的那个女人，这个一样不文明、刚听到"去你妈的，蠢货"时还在傻笑的女人尖叫了起来。这下好了，我转身时想，以后你就知道要对西贝柳斯的小提琴协奏曲多一点尊重了。

这一切都关涉尊重，是不是？如果你不懂尊重，就得有人给你上一课。真正的考验，唯一的考验便是，我们到底是变得更加文明呢还是更加粗鲁？难道你不同意吗？

树 皮

让-艾蒂安·德拉库尔的宴请日那天，在他儿媳艾米莉夫人的吩咐下，仆人们准备了下列这些菜：牛肉清汤、烤兔、鸽子锅仔、蔬菜、奶酪和果冻。尽管德拉库尔对于这样的社交不情不愿，他还是准许在自己面前摆上一碗牛肉清汤；甚至，为了庆祝这一天，德拉库尔还礼节性地向嘴里送上一勺汤，并优雅地吹了一吹，不过他还是再次一滴未沾地放下汤勺。上牛肉的时候，他朝侍者点头示意，于是侍者端了一份梨以及二十分钟前刚从树上割下的一块树皮，分别盛在两个盘子里，放在他面前。德拉库尔的儿子查尔斯、儿媳、孙子、侄子、侄媳、教区牧师、隔壁的农民，还有德拉库尔的老朋友安德烈·拉格朗日，他们全都没察觉。德拉库尔非常礼貌地同大家保持一致，大家吃牛肉的时候，他吃了四分之一只梨，大家吃野兔的时候，他又吃了四分之一只梨，就这样吃着。上奶酪的时候，他掏出折叠小刀，把树皮切成一片一片，然后慢慢地、默默地、一片一片地咀嚼。后来，为了助睡眠，他喝了杯牛奶，尝了些炖莴苣，吃了个苹果。他的卧室极为通风，枕头由马毛填充。他要确保毛毯不会因太沉而压着前胸，而且双腿一定要保持暖和。让-艾蒂安·德拉库尔把亚麻睡帽扣在脑门上时，心满意足地思忖他周遭的那些人是何等愚笨。

他今年六十一岁。年轻时，他喜赌博，又好吃喝，弄得家里老是出现青黄不接的状况。不管在哪儿，只要是玩骰子或扑克牌或斗牛斗马之类招揽观众的地方，你就会看到他的身影。法罗牌、掷骰子、十五子棋、多米诺骨牌、轮盘、红与黑——在这些赌场上，他输赢不定。他甚至会和一个小孩儿玩掷硬币，在斗鸡场上用马作赌注，和某个V夫人玩双牌扑克，而找不到对手或玩伴时就自个儿独乐。

据说，是因为美食，他才停止了赌博。当然，这样的一个人是无法将两种嗜好充分进行到底的。危难降临的那一刻，一只他养了几天便被杀掉的鹅——他亲手饲养的，内脏一个不差地都被调好味的鹅——在玩皮克牌时，刹那之间被输掉了。有那么一会儿，他在两种诱惑间挣扎，就像一只蠢驴坐在两捆干草之间；可是，与其像那只犹豫不决的畜生被饿死，他更像一名真正的赌客，让一枚硬币来决定命运。

自此之后，不仅他的胃，还有钱包，都鼓胀起来了，而同时，他变得愈加冷静。就像意大利人所说，他饮食健康，并且很注重这一点。从酸豆到山鹬，每一种食物的可食性，他都能讲得头头是道；他还能解释十字军是怎样将葱、塔列朗王子是如何将奶酪引入法国的。把一只煮熟的鹬鸪放他面前，他会掰下鹬鸪的两条腿，在每条腿上慎重地咬上一口，审慎地点了点头，然后宣布鹬鸪睡觉是靠哪条腿支撑重力的。他对酒也很在行。假如把葡萄当作甜点，他会一把推开，说道："我可没有一粒一粒吃酒的习惯。"

德拉库尔的妻子却很赞同他这个不良习惯，因为好吃比好赌更有可能让一个男人留守在家。几年过去，她的侧影也开始仿效丈夫的模样。他们过着富态、安逸的生活，直到有一天，下午3点左右，趁老公不在家，德拉库尔夫人想给自己补充营养，结果被一块鸡骨头噎死了。让-艾蒂安咒骂自己单独留妻子在家里没照看好她；他也骂自己为何如此贪吃，导致妻子过世；他还咒骂那些所谓掌控人类生息的命运、机遇，要将一块鸡骨头以如此害人的角度放置于她的喉咙。

最初的悲伤逐渐消退后，他同意和查尔斯以及艾米莉一起住。他开始研习法律，经常沉浸在《王国九法典》中。他熟记乡规民约，借它们的确定性聊以自慰。他能够援引同蜜蜂分群或者制肥相关的法律；他知晓风暴时敲教堂的钟或者出售接触过铜锅的牛奶，这两者该怎样惩罚；一字一句地，他可以背出乳母的行为规范、森林里牧羊的条例，以及埋掉公路上发现的动物尸体的细则。

他爱好美食的嗜好持续了一段时间，仿佛不这样做就是对已故妻子的不忠；但他只是嘴里尝其味道，心中已毫无眷恋。最终导致他完全丧失热情的是一八几几年秋市政府的一个决策，即为了公共卫生及公众利益，应当建公共浴室。如同一名宇航员会热烈称赞一个星球的新发现，一个热忱接受一道新菜发明的人应该因为肥皂和水而自我节制，这引来一些人嘲讽挖苦，也引得另一些人说教训诫。但德拉库尔对他人的意见历来不当回事。

他的妻子死后留下了一小笔遗产。艾米莉夫人提议不如用来投资建造公共浴室，这既深谋远虑，又不乏公民之心。市政府为了吸引大家眼球，采用了一种意大利式的方案。所有筹集到的资金被分成四十股；每位认捐人必须年满四十。年利率2.5%，一名投资者死后，属于他的利息会均分给其余捐购者。简单的数学，简单的诱惑：最后一名幸存者，在第三十九名认捐者死后至他自己死亡这段期间，所获得的年利息等同于他当初的股本。一旦最后一名认捐者死亡，贷款就终结，资金就会返还给这四十位投资者自己认定的继承人手里。

当艾米莉夫人第一次向丈夫提起这个建议时，丈夫持怀疑态度。"亲爱的，你不觉得这可能会唤起父亲那往昔的激情？"

"如果没有输的概率，就不能称之为赌博。"

"每一个赌博的人显然都这么说。"

德拉库尔颇为赞同儿媳妇的提议，而且非常热切跟踪捐购的进程。每新来一位投资者，他就在袖珍笔记本上记下他的名字，然后加上其出生日期、健康状况描述、外貌以及家庭关系。当有个比他大十五岁的地主也加入的时候，德拉库尔开心得不得了，自从妻子死后他还从未这样开心过呢。几周后，人数满了，德拉库尔写信给其他三十九位捐购者，建议说既然大家都属于同一阵营，不妨在衣服里缝上个记号——譬如一条丝带——加以区别。他还提议每年为捐购者们举办一次晚宴——他差点把捐购者写成"幸存者"[1]。

这两个提议，几乎没什么人赞同，有些人甚至都没有回复，但是德拉库尔依旧把捐购者视同战友。假如在街上遇到一个捐购者，他会热情地向他敬礼，询问他的身体可好，简单寒暄几句，也许聊聊霍乱的事情。他的朋友拉格朗日也有投资，德拉库尔和他在盎格鲁咖啡馆可以待上好几个小时，盘算其余三十八个人还能活多久。

第一名投资者死亡的时候，市政公共浴场还没宣布开业。让-

---

1 在英语中，"捐购者"（subscriber）和"幸存者"（survivor）都以"su"起首。

艾蒂安同家人吃晚饭时，他提议为这位当初过于乐观而如今已作古人的七旬老翁干杯。稍后，他拿出笔记本，写下姓名和日期，然后在下面画上一条长长的黑线。

艾米莉夫人向丈夫表示，在她看来，公公这样高涨的热情是不合宜的。

"死亡基本上是他的朋友了，"查尔斯回答道，"只有他自己的死亡才会被他当作敌人看待。"

艾米莉夫人有点不懂，这到底是一条颠扑不破的哲理，还是空洞的陈词滥调。她生性善良，对丈夫的真正想法鲜有担忧。她更在意他的表达方式，而他说话的方式和他父亲越来越像了。

投资者们除了获得一张很大的捐购证书，还可以在"整个投资期间"免费使用公浴。很少有人会这样做，因为这些有钱捐购的人当然也有钱拥有一间自己的浴室。可德拉库尔一开始是每周享用一下他的这一权利，后来就天天享用了。有些人认为他是在滥用政府的乐善好施，而他不以为然，不为所动。如今，他每天按部就班。他会早早起床，吃一个水果，喝两杯水，花三个小时散步。然后他会去公浴，他与那里的服务员已经混得很熟了；作为一名捐购人，他有一条专供他使用的毛巾。随后，他会前往益格鲁咖啡馆，和朋友拉格朗日讨论当天发生的一些事情。在德拉库尔看来，当天发生的事情，很少超过两件：捐购名单上可以预见到的人员减少以及市政府各种执法的不严谨。他认为，对于消灭狼群的奖励范围没有得到充分的宣传：幼小的母狼二十五法郎，成年的母狼十八法郎，公狼十二法郎，狼崽六法郎，奖励在证据核准后一周内支付。

拉格朗日喜好沉思冥想，而不善理论综合。他想了一下德拉库尔的埋怨，温和地评价道："可是我还不知道有人在过去十八个月当中有看到一只狼的。"

"正因如此，更应让民众提高警惕。"

接着德拉库尔指责说验证酒是否掺假不够严格也不够频繁。依据至今仍然适用的第三十八条法规（1791年7月19日颁布），那些在酒里掺杂铅黄、鱼胶、坎佩切树提取物或其他有毒物质的，一律处罚金一千法郎和禁监一年。

"你只喝水。"拉格朗日指出。他举起自己的杯子，注视着里面的酒，"此外，假如我们的老板从事这等买卖，捐购者的名单就会大大缩减。"

"我可不愿意以这样的方式赢。"

拉格朗日被他朋友严厉的腔调所震动。"赢，"他重复道，"赢，如果你把那也称作赢，那只有我死了你才能赢。"

"那我就太遗憾了。"德拉库尔说道，他显然无法想象另一种结果。

在盆格鲁喝完咖啡后，德拉库尔回到家，阅读生理学和饮食方面的著作。晚餐前二十分钟，他会给自己切一片新鲜树皮。当其他人在吃减寿的调制品时，他会细说那些食品威胁人类健康、阻碍人类永生，实在令人惋惜。

这些长寿的妨碍物渐渐缩减了当初那份四十名捐购者名单。每当一名捐购者去世，德拉库尔的好心情就随之高涨，他也会愈加严格遵守养生之法。运动，节食，睡眠；规律，节制，研习。有一本生理学的书，用隐晦的术语和突进的拉丁文指出，男人健康的一个可靠标志是他性生活的频率。完全节欲，或者过分纵欲，都有潜在的伤害，虽然节欲更有伤害性。合适的频率——比如每周一次——被认为是有益健康的。

德拉库尔深信这一实际必要性，于是向已过世妻子搬出一个个借口，勾搭上了公浴里的一名女服务员，每周拜访她一次。他会留给她钱，她很感激，他不赞成有什么爱的表示，他只希望他们之间是一种交易。他决定，一旦这三十九名捐购者都死了，他会给她一百法郎，或不到一百法郎，以酬劳她为他延寿的服务。

更多的投资者魂归西天，德拉库尔在笔记本上一一记下他们生命终结的日期，微笑着为他们的升天而举杯祝酒。某一天晚上，艾米莉夫人上床就寝后对她丈夫说道："假如一个人活着，只是为了比别人活得更久，理由何在呢？"

"每人必须找到自己的理由，"查尔斯答道，"这就是他的理由。"

"可是，当一个人大部分的乐趣就在于看到同伴们一个个离去，你不觉得奇怪吗？他的生命中没有寻常的快乐啊。他每天的生活井井有条，好像是服从于最严格的职责——可是，是什么职责，向谁负责呢？"

"当初认购可是你提出来的，亲爱的。"

"我当初提议的时候，可没想到这对他性格会有如此大的影响。"

"我父亲的性格，"查尔斯板着面孔说道，"没有任何改变。他现在是一位老人，一名鳏夫。自然而然地，他的人生乐趣已减少，兴趣也已有些转变。但他现在和以前一样，对于自己感兴趣的东西，依然全力以赴，心无旁骛。他的性格没有改变。"查尔斯重复了一遍，似乎有人在指控他父亲已年老体衰。

假如问安德烈·拉格朗日，他会和艾米莉夫人持相同观点。德拉库尔曾经纵情享乐，如今苦行禁欲；曾经崇尚宽容，如今对人苛刻。拉格朗日坐在益格鲁咖啡馆，听着德拉库尔对十八条烟草种植管理条例执行不严而高谈阔论。接着，一片肃静，德拉库尔喝了一口水，继续说道："每个人应该有三条命。这是我的第三条命。"

单身，结婚，丧偶，拉格朗日猜想。或者，赌博，美食，养老保险。可是拉格朗日思考了好一阵才意识到，人们往往是因为某件日常事务而大发宏论，这件事情的意义被扩大化了。

"她叫什么？"他问。

"很奇怪，"德拉库尔说，"生命前行时，人的心境会改变。年轻时，我尊崇牧师，注重家庭，踌躇满志。至于心中的激情，我发现，当我遇见后来成为妻子的她时，周围的人都认可我们，经历了很长一段爱的序幕，我们才有了彼此都珍视的肉体之欢。如今我年纪越来越大，我也越来越不相信牧师能够给我们指引一条通往上帝的最佳道路，而我的家庭也常常让我恼怒，而且我已毫无抱负可言。"

"那是因为你获得了一些财富，也有了自己的一套哲学。"

"不，我评判的是思想和性格，而非社会地位。教区牧师确是个和蔼可亲的朋友，对神学却愚昧无知；我儿子人很正直，但又非常沉闷。请注意，我可没有为自己的这一认识变化而歌功颂德。它只是恰好发生在我身上罢了。"

"肉体的欢愉呢？"

德拉库尔叹了口气，摇摇头："年轻时，在那段从军的岁月中，在遇见已故妻子前，我会和那些送上门的女人厮混。年轻时的那些经历，没有哪一次让我知晓，肉体之欢可导致爱的情愫。

我一直想象——不，我一直肯定——绝不会这样。"

"她叫什么？"

"分蜂，"德拉库尔回答道，"正如你所知，法律是清清楚楚的。只要养蜂人跟随分群的蜜蜂，他就有权要求收回和重新占有它们。可是，如果他未能跟在它们后面，那么蜜蜂栖落地的主人就享有对它们的合法权利。或者，以兔子为例。兔子从一个养兔场跑到另一个养兔场后，它就属于第二个养兔场的主人，除非该养兔场主人是将兔子诱骗过去的。鸽子也这样。如果鸽子飞落公地，谁都有权宰杀它们。如果它们飞到另一间鸽舍，它们就属于那间鸽舍的主人，只要它们不是被诱骗过去的。"

"你真叫我弄不懂了。"拉格朗日一脸宽厚地看着他，对他朋友的这种迂回兜抄了然于心。

"我的意思是说，我们总想把一切搞定。可是又有谁能预见蜜蜂什么时候分群呢？有谁能预见鸽子会飞到哪儿？或者什么时候兔子会厌倦自己的兔场？"

"她叫什么？"

"珍妮。公浴的一名女服务员。"

"公浴里做女服务员的珍妮？"众所周知，拉格朗日是个性情温和的人。可现在，他呼地站起，把椅子踢到后面。那声响让德拉库尔想起军中岁月、突遇的挑战和散架的家具。

"你认识她？"

"公浴里做女服务员的珍妮？是的。你必须跟她一刀两断。"

德拉库尔弄糊涂了。也就是说，他知道那句话什么意思，可不理解拉格朗日说这句话的动机或目的。"有谁能预见鸽子会飞到哪儿？"他又说了一遍，对自己的这一表述甚是得意。

拉格朗日倚靠在他身上，用指关节敲打着桌子，看起来好像在颤抖。德拉库尔从来没见过他的朋友如此严肃、如此生气。"看在我们情谊的分上，请和她一刀两断。"拉格朗日重申了一遍。

"你一直都没在听。"德拉库尔靠回自己的座椅里，好离拉格朗日的脸远一些，"刚开始只是为了养生。我坚持那个女孩必须听话。我没想过以爱抚作为回报——我不主张这样做。我没怎么在意她。然而，尽管这样，我还是爱上了她。谁能预见……"

"我一直都在听，看在我们情谊的分上，我坚决要求你和她断绝关系。"

德拉库尔想了想这个请求。不，这是要求，而非请求。他突然回到了牌桌旁，面对着这个出价突然提高十倍的对手。此时此刻，德拉库尔估量着对手手上那把毫无表情的排成扇形的扑克牌，他从来都是依靠直觉，而不是算计。

"不行。"他轻轻答道，仿佛押上了一张小小的王牌作赌注。

拉格朗日一走了之。

德拉库尔啜了一口杯子里的水，泰然自若地衡量了一下各种可能性。他大致归结为两种：不满或者嫉妒。他排除了不满：拉格朗日一直都是个人类行为的观察家，而不是谴责异常行为的道德家。所以肯定是嫉妒。是嫉妒这女孩本身，还是嫉妒这个女孩所象征和证明的一切：健康、长寿、胜利？确实，认捐把人们一个个逼得行为古怪。它令拉格朗日异常激动，离开的时候活像一群蜜蜂。嗯，德拉库尔才不会跟随他呢。他爱在哪儿栖落就在哪儿栖落吧。

德拉库尔日复一日地过活。他没有向任何人提及拉格朗日的叛逃，还常常期盼他能再次出现在咖啡馆。他怀念他们之间的讨论，或者至少拉格朗日的专心致志；不过，他慢慢地接受了拉格朗日的离去。他看望珍妮的频率增加了。珍妮没有质疑，听他谈论各种法律的事情，虽然基本上听不懂。德拉库尔先前就告诫她不许表达任何无关的情意，所以她一直很安静、很温顺，虽然她不无注意到他的爱抚越来越温柔。有一天，她告诉他说她怀孕了。

"二十五法郎。"他几乎脱口而出。她辩驳说她不是在要钱。他向她道歉——他的思绪飞到了别处——并问她是否肯定那个孩子是他的。听到她的肯定答复后——或者，更准确地说，她肯定的语气，丝毫没有撒谎时的那种狠劲——他提出将孩子交由乳母抚养，由他支付费用。他暗自惊奇自己竟会如此喜爱珍妮。他觉得这其实不是珍妮的事情；它跟他自己相关，而不是珍妮，而且，他觉得，假如他表达出自己的感受，它也许就会离他而去，或者变得复杂起来，这可不是他想要的结果。他让她明白，她可以完全依靠他；这就够了。此外，他把自己的这份爱视为一件私事而尽情享受。把它告诉拉格朗日已经是个错误；毫无疑问，再告诉给其他人就大错特错了。

几个月后，拉格朗日作为联合养老保险名单上的第三十六个人过世了。由于德拉库尔没有告诉任何人他们之间曾有的争执，所以觉得有必要参加他的葬礼。当棺材落葬的时候，他对艾米莉夫人说："他不够照顾自己。"抬起头，他看到墓碑另一边默哀人群的后面站着一个人，是珍妮，衣衫完整的珍妮。

依德拉库尔之见，和乳母相关的法律条文是无效的。1715年1月29日颁布的法条再清楚不过了。禁止乳母同时给两个婴儿喂奶，违则惩处妻子，丈夫被罚五十法郎；乳母一旦有两个月的身孕，必须将之公布；把婴儿送回其父母家也是一律禁止的，即使没有报酬，也必须继续尽其喂奶义务，过后由治安法庭补偿。但是每个人都知道这种女人并不总是靠得住的。她们给其他婴儿喂奶；她们谎报孕期；假如婴儿父母同乳母在报酬上意见不合，婴儿往往就活不过第二周。或许，既然珍妮想要自己哺养孩子，德拉库尔应该允许她哺养孩子。

下一次碰面的时候，德拉库尔说看到珍妮站在墓旁他很吃惊。据他所知，拉格朗日从来没有行使去市政公浴泡澡的权利。

"他是我父亲。"她回答道。

亲子关系和私生子关系，他暗暗想道。《1803年3月23日法令》，4月2日颁布。第一章、第二章和第三章。

"怎么可能？"除了质疑他说不出其他的话。

"怎么可能？"她重复。

"是的，怎么可能？"

"我是他女儿，这再平常不过了，我确定。"她回答。

"是的。"

"从前他去看望我母亲就像……"

"就像我看望你。"

"是的。他很喜欢我。他希望认我，将我……"

"合法化？"

"是的。可我母亲不愿意。所以就起了争执。她很害怕他会把我偷走。她看守我。有时候他会暗中监视我们。母亲临终时，要我承诺永远不会接受他、不会联系他。我答应了。我从没想过……没想过葬礼让我们联系上了。"

让-艾蒂安·德拉库尔坐在女孩狭窄的床上。脑海里回闪着一些镜头。世界比它原本应该的更没有意义。她肚子里的孩子，如果经过分娩的危险存活下来，就是拉格朗日的孙辈了。他选择不告诉我某些事，珍妮母亲不让他知道某些事，我不让珍妮知道某些事。我们制定了法律，可蜜蜂还是会分群，兔子还是会寻找另一个兔场，鸽子还是会飞到另一间鸽舍。

"我还是个赌徒的时候，"他最终说道，"大家都有非议。他们认为这是罪恶。我可从没这么觉得。对于我而言，这好像是对人类行为做出合乎逻辑的检视。当我是个美食家的时候，大家认为这是纵欲。我从没这么觉得。对于我而言，这只是一种寻找开心的合理方式。"

他看着她。她似乎并不知道他在讲什么。算了，这都是他自己的过错。"珍妮，"他说，握住她的手，"你一点儿也不必担心孩子。一点儿也不必像你母亲那样害怕。没有必要。"

"好的，老爷。"

吃晚饭时，他听着他那个长大成人的儿子的喋喋闲扯，不愿再去更正他的种种愚昧。他咀嚼着树皮，但是没有一点胃口。过了会儿，他杯子里的牛奶尝起来好像是产自铜锅，炖莴苣似乎散发出垃圾堆的臭味，苹果仿佛含有马毛枕头的质感。早上，当人们发现他的时候，他的亚麻睡帽被他僵硬的手紧紧抓着，但他这是要把它戴上，还是因为某个缘由要把它摘掉，没人知晓。

懂法语

皮尔彻寓所

1986年2月18日

亲爱的巴恩斯博士（我啊，一个老女人，快八十一了）：

嗯，我呢，一般读些严肃的**著作**，不过在夜晚，我换一些轻松的阅读，待在养老院读小说做什么呢？（你会知道我来这儿没多久。）红十字会提供了足够多的小说。讲什么的呢？这有什么好问的！无非是"鬓角斑白"的卷发医生，十有八九被老婆误解了，或者好一点儿，他依然是个鳏夫；有个光彩照人的护士在手术室递给他一把锯子。尽管正处在容易被这种荒唐人生观动摇的年纪，我还是宁可去看达尔文的《腐殖土与蚯蚓》。

因此，我想，为什么不去公共图书馆把"A"打头的小说全过一遍呢？（一个小姑娘曾问我：啤酒厂取名叫作雄鹿我还可以理解，为什么会有谎言啤酒厂这样的名字呢？）于是我发现我读过许多对酒馆有趣的描写，还有许多是关于对女性乳房的窥淫癖的，所以我也没觉得不对劲。您知道我将要看什么吗？下一套是巴恩斯著作：《福楼拜的鹦鹉》。噢，那一定是露露[1]。我自以为已经能把"淳朴的心"领悟在心了。但我没有几本书，因为我的房间太小了。

我会两种语言，而且说得还不错，这让您有些许高兴吧。上周，我听到一位老师对一个游客说："向左，然后向右。"[2]那天，我一直品味着"左"这个字发音的微妙，洗澡的时候还在念着。就像法式黄油面包一样好。您相信吗，我的父亲，活到现在该有一百三十岁了，那时学的法语（就像学拉丁语一样）就按英语来发音："理查-特"。不，您不会相信的：我自己也不怎么确定。但是至少现在教给学生的发音已经略有进步了：他们发"R"音的时候，卷舌头的方向已基本正确了。

但是，我们还是回来说说我们的鹦鹉吧[3]，这才是我写信的主要目的。我不能接受您在书中关于"巧合"的说法。您说您不相信巧合。您不可能是这个意思。您的意思是你不相信有意制造

---

1 《福楼拜的鹦鹉》中鹦鹉的名字。
2 原文为法语。
3 原文为法语。

的或者带有目的性的巧合。巧合的存在是您无法否认的，因为它时不时地会出现。但是，您对于它的重大意义置若罔闻。总体而言，本人在此类事情上持不可知论，因而我比您更加不确定。事实上，我有个习惯，几乎每天清早都沿着教堂大街（教堂已不复存在了）走向市场绿苑（也没有市场了）。昨天，我刚放下您的书，沿路行走，突然我好像看见了什么，关在笼子里，在高高的窗户后面？一只灰色大鹦鹉关在笼子里？这是巧合？当然啰。意味着什么？这小东西看着挺悲惨的，羽毛都抖了起来，一直咳嗽着，尖嘴里有什么滴了下来，笼子里也没什么玩具。于是我（礼貌地）写了一张明信片给它（不知名）的主人，告诉他们这种情景让我很痛心，希望他们晚上回来的时候能够对它好一点。我刚回到房间，一个老女人闯了进来，告诉了我她是谁，一边挥舞着明信片一边嚷嚷着威胁说要送我上法庭。我说，好啊，但你会发现这很花钱。她告诉我，她的"多米尼克"之所以把自己的毛毛摊开，是因为它是一只爱卖弄的鸟。它没有玩具，那是因为它才不是一只虎皮鹦鹉呢，如果有了玩具也会把它们给弄得不成样子。她还说，鹦鹉的嘴巴是不可能滴水的，因为它们根本就没有黏膜。"你是个爱管闲事、极端无知的老婆子。"她对着我骂骂咧咧地走开了。

现在呢，这篇研究鹦鹉的论文给我留下了深刻的印象。奥德丽·佩恩夫人显然是位有教养的女士。我现在手头也没其他参考书籍，只有一份破旧的大学花名册，于是我随手一查。她名列其中：玛格丽特·霍尔女士，比我小八岁，奖学金获得者（我得到一等奖学金），攻读法文（而不是动物科学）。

我必须给您写信，因为其他人都理解不了同时性巧合有多奇怪。我没把握说，全凭这些事情就构成了一种巧合。我那些被禁锢的同胞在此非疯即聋。我呢，已经很幸运了，只是失聪。不幸的是，那些疯子却耳朵不聋。可是，我凭什么说聋子不疯呢？事实上，虽然年纪最小，我却是大姐大，因为相比而言，虽然年纪较轻，但我能力颇强。

相信我，亲爱的先生，请相信我真挚的感情。[1]

西尔维娅·温斯坦利

1　原文为法语。

1986年3月4日

亲爱的巴恩斯先生：

为什么您说您是个医生？我嘛，就是个老处女，而您太小气，只给了我三选一：小姐、太太和女士。为何不是西尔维娅淑女呢？毕竟，我还归于名门望族，算个上等人呢。我的伯姨妈告诉我，她小的时候，纽曼大主教从西班牙给她带来了一只橙子。她拿了一个，她的姐妹们每人一个。那时，这种水果在英格兰还是个新鲜货。主教是祖母的教父。

管理员告诉我说多米尼克的主人在街坊邻居这里"口碑不错的"，所以显然闲言碎语会蔓延开来，我最好什么都别说。我写了一封和解信（没有回复）。接着，下一次我经过那里的时候，我发现多米尼克被从窗户里拿走了。或许它生病了。归根结底，要是鹦鹉没有黏膜，它的嘴怎么会不停往下滴东西呢？可是，如果我依然在大家面前这么问的话，我哪一天就得待在法庭了。不过，我才不怕那些治安官呢。

我教授了很多纪德的作品。普鲁斯特让我觉得很没劲，我读不懂季洛杜[1]，本人的脑袋可有趣了，一些地方聪明绝顶，另一些却

---

1 让·季洛杜（Jean Giraudoux，1882—1944），法国20世纪著名作家、剧作家，主要作品有《安菲特律翁38》《特洛伊之战不会爆发》和《沙依奥的疯女人》等。

笨到骨子里去了。当初，我按理定能拔个头筹，校长说，要是我拿不到第一就砍她的脑袋。我没有拿第一（只得了个第二，口语优秀），她就去和负责人争辩；得到的答案是 α 的数量与 γ 的数量平衡了，但一个 β 也没有。明白我的意思了吧？我没有上对学校，而且由于是个"淑女"所以没学正统的学科。于是，在入学考试中，与来自舍伯恩的女孩的"有教养"的文章相比，我那篇关于地蜈蚣母性行为习惯的论文给我带来了更多好处。我想我已经告诉过您了，我获得了最高奖学金。

好吧，您为什么说您是一个六十多岁的博士，而您显然不可能超过四十岁？请说吧！年轻时，我发现男人全都是骗子，于是决计到了六十岁领养老金时才调情卖俏，可是，我的心理医生告诉我，这让我多过了二十年调情卖俏的日子。

看完了巴恩斯，我继续看安妮塔·布鲁克纳，并为她当天未出现在电视上而庆幸。我不知道，我不知道。**他们**肯定在对我做什么。譬如，我说："如果这是个正确的决定，那就让我看到一头雄鹿吧。"我选了个那里最不可能出现的生物。雄鹿出现了。同样地，翠鸟和花斑啄木鸟也在其他场合出现。我不相信这只是我的想象，我不相信在我的潜意识中这些生物潜伏在近旁。看起来好像存在一个强大的自我，比方说，它告诉一个不明事理的红细胞在刀伤上结了个血块。那么是什么在控制你我的强大自我，让血液去修复损伤的呢？在《医院观察报》上，我发现他们就是把所有生肉放回洞里，任由它自己把自己变为肌肉；我在三个月前动了一场大手术，可现在全部的肉似乎都各得其所，合在了一起，运作正常。是谁告诉它们该怎么做的？

这页上我还能为鹦鹉毛腾出点空间吗？这儿的负责人，瑟斯顿小姐，长了张马脸，性格莽撞，比我大二十四岁，"渴求美丽[1]"，戴了一顶图案不太搭的她骑车（剑桥式的车，篮子在后面）时戴的帽子。我们曾经非常要好，计划合住一座房子。但随后她很及时地发现我有多么讨厌。一夜，我梦到她；她在欢快地跳着舞；她戴着一顶硕大无比的帽子，鹦鹉羽毛从帽子上纷纷飘落。她说："我们之间现在一切都好了。"（或者类似的话）我对自己说："可这个女人从来都不**坦诚**。"吃早餐时，我对表亲说："瑟斯顿小姐肯定已经死了。"我们翻了翻《每日电讯报》——没有讣告，可本来应该有的嘛。邮件到了——信封背面写着："你看到瑟斯顿小姐死了吗[2]？"我们拜访了其他表亲；《泰晤士报》上有讣告与照片。我得补充一点，我没有一点"精神失常"。

我不会说当初我无意于说教。我是这儿**最年轻的**大姐大，最有能力的大姐大。有车，也会开。而这里的大多数人都像石头

1　原文为法语。
2　原文为法语。

一样失了聪，角落里听不见小声絮语。我可以用一个很大的字眼——写信不休（书信狂热症？）——来形容。我深表歉意。

深深祝福。祝您写作顺畅。

西尔维娅·温斯坦利

1986年4月18日

亲爱的朱利安：

我这样叫您是经过许可的，我这样带着挑逗地叫您也是经您允许的；但是您想啊，只穿着一件薄风衣来挑逗，这样的事情还未有过。我还走得了路，也开得了车，能因别人告上法庭的恐吓而振奋，那我为什么还选择把自己关在养老院里呢？这其实就是别等人推你再跳，法文叫前进是为了更好地后退[1]。我挚爱的表亲过世了，我也面临一场大手术的威胁，同时发现一件不怎么讨人喜欢的事情：在我离世前，还要照顾自己的起居。随后，正如他

---

1 原文为法语。

们所说的那样，有了个"意外空缺"。你或许推测到了吧，我是个特立独行的人，发现大众智慧不过如此。C.W.说，我们都理应长期独立自主，直到我们的家人再也无法忍受我们，或者我们开始忘记关燃气阀，被自己的阿华田烫伤，我们才乖乖地到养老院去。但是，在这样的情形下，养老院简直就是一大挫折，使我们失去了理智，突变成了糟糠，这样，就催生了另一个"意外空缺"。于是，功能尚完备的我，就下定决心来到了这儿。况且我没有孩子，我的心理医生就欣然同意了。

哎呀，亲爱的巴恩斯先生啊！现在啊！您让我不要读你的那本书，可它是图书馆里唯一能借到的书了。《她遇见我之前》从一月至今已经外借了十一次，您知道了一定会欣喜吧，有一位读者把书中随处出现的"操"字都狠狠地画了线。可是，他竟然俯就屈尊地一路读到了一百七十八页，最后一个"操"字那儿。我可还没读到那里呢。晚饭的时候，我尝试把书里面的故事讲给那些聋子听，但是没有成功。"我觉得，"我说，"这是一本有关鱼水之欢的书。""什么？什么？说什么？说什么了？""欢纵！你知道不！舒舒服服的枕头，柔软的褥子，然后睡在上面。"因此，没人认为这有什么好说的。唉，我一定要读它，必定能学到很多。

我很生气，我痛心，等等，全都是因为护工的丈夫——他当过军士长——油嘴滑舌，无比粗鲁，我真想把他从楼梯口倒推下去，但我清楚他可能比我强壮。让我再跟您唠叨些什么吧，这次就讲一讲养老院。当南妮最后开始狂热的时候，我调查了一下好多这样的机构。一次又一次地看到温顺的老婆娘们坐在廉价的扶手椅上那不变的月牙形儿的身姿，任凭电视机像墨索里尼那样向她们高声嚷嚷，这并不能提振精神。有一次，我问护工："你们提供些什么样的活动？"她难以置信地看着我，因为，难道还不清楚，又老又聋的我们日子已经过得很热闹了吗？最后，她终于答道："他们每周都有个人过来跟大家玩游戏。""游戏？"我问道，没见过很多人参加过奥运会。"是啊，"她很淡定地说，"他把大家排成一圈，向她们扔沙滩球，她们得把球扔回去。"呃，今天早上，我在军士长面前评价了这项活动，不过他没有明白我的意思，这不足为奇。这儿的聋子和疯子老是害怕成为讨厌鬼。你不想成为讨厌鬼，唯一的办法就是乖乖待在棺材里。所以，我决定继续好好活着，当个讨厌鬼。我也不知道，我能不能成功。这个养老院简直就是巴尔扎克小说中的翻版。我们花费毕生的积蓄，想把自己的人生大权交出去。我想象出一种伏尔泰所认可的开明独裁体制，但我怀疑这样的政体是否存在，或可能存在。无论是刻意而为，还是出于无意识的习惯，护工们在渐渐地侵蚀我们的精神。政体理应是我们的同盟。

我在半心半意地为您收集"蠢事[1]";在英格兰,有种东西叫"夏天",迟早"它要到来",一想到这儿,我就愁恼不已。在琐事缠绕的晚饭后,我们都坐在花园里。我保证,要是气温再暖和个十摄氏度,您就可以在茶点之后出去散步啦。中年人告诉我说,他们年轻时,夏天烈日炎炎,人们坐在四轮运草马车上纵酒欢闹,可是我告诉他们,我比他们要大上三十岁,所以我记得很清楚,他们年轻时,五月很没劲,而他们全都不记得了。你懂什么叫"冰雪三圣[2]"吗——我忘记他们是谁了,但是只有当他们已经成为过去的时候,你才能拥有一个真正的、拉丁的夏天。某年五月,我是在多尔多涅度过的,当时一直在下雨,他们对狗很残忍,并展示给我看他们的残暴行径。面包也要两个礼拜做一次,阿基坦[3]真是糟透了!不过我喜欢机场[4]。

我还没看过的书:

狄更斯 全部

司各特 全部

萨克雷 全部

---

1 原文为法语。
2 原文为法语。
3 法国西南部一个大区。
4 原文为法语。

莎士比亚 全部，除《麦克白》以外

简·奥斯丁 全部，除一本以外

我衷心希望您能找到一个可爱的小屋[1]；我喜欢比利牛斯山，喜爱花儿，还有那些细小的"山间激流"。

您知道吗，我在1935年之前就周游了世界，那时候一切都还没被人们糟蹋。当然喽，坐了很多船，但没有乘过飞机。

您问，关于巧合，为什么不想看看犰狳或者雪鸮呢？那才可以验证刻意巧合的威力呢。我倒不至于说这个，不过我要告诉您十六岁的时候，我们住在帕特尼。帕特尼就挨着巴恩斯。

当然，还是谢谢给我写信。我现在感觉好多了，月亮已经爬上了近处松树的后面。

西尔维娅·温

多米尼克已回到窗中。

1　原文为法语。

1986年9月16日

亲爱的朱利安：

您的小说很有教育意义，并不是那些关于性的字句，而是您的人物，芭芭拉，她的说话套路，和我们的护工一样狡黠。她的丈夫对我极其无礼，但我知道要是我不小心说了句"该死的"，我就和管理机构一样沉沦了，但迄今它还是站在我这一边的。昨天，我正要去寄信，突然军士长凑了过来跟我搭讪，说我完全没有必要走这一遭。这里所有的聋子和疯子都把信交给他，让他去寄。我说："虽然我已经不再开车了，但我还是可以继续坐巴士到镇上的嘛，我完全能够慢慢走到邮筒那儿。"他无礼地看着我，我可以想象到他在夜晚把所有的信都用蒸汽打开，然后把那些抱怨这养老院不好的信一一撕掉。如果突然收不到我的信了，那您就可以断定，要么我死了，要么我就被当局牢牢掌控了。

您喜欢音乐吗？我觉得我还是有些喜欢的，不过呢，由于我很聪明，在六岁时便开始学钢琴，所以很早就学会了视奏、低音提琴和长笛（或多或少吧），时不时地去教堂演奏管风琴。我喜欢摆弄这些乐器，叫它们发出轰轰之声（不过不是在教堂里面，我只是在脑袋里纯臆想罢了）。我喜欢到镇上去，在巴士上和人打趣，或者在购物区跟着机器里面放的勃兰登堡协奏曲跳莫里斯舞，旁边还有几个人跟着一起拉小提琴。

我还读了另外一些以字母A和B打头的书籍。某一天，我要把喝下的酒和抽掉的烟加在一起，作为铺垫，填充我小说的内涵。还有侍者、出租车司机、售货员[1]和其他人的"花边插曲"，虽然他们在故事中扮演更多的角色。小说家们要么渲染，要么空谈被视为"泛泛之论"的概念，如巴尔扎克。小说为谁而写的，我自问。对我而言，小说是为有闲情逸致的人而写，他想在晚上10点与就寝时分之间迷失自我。我看得出来，对此说，您可能不甚满意。当然喽，如要做到这点，还需要一个像我这样的人与之琴瑟相鸣，不过我是如此特立独行，这样的人物往往难得一见。

尽管如此，以字母A和B打头的书仍然比红十字会每月所供的书略胜一筹。这些书似乎是值夜班的护士在无所事事的时候所写的。其中的主题就是对婚姻的渴求。至于结婚之后发生什么，她们好像兴致寥寥，虽然对我来说那才是真正的要害。

几年前，文艺界一位名流写了部自传，其中他说他对女人的爱起始于一场预备学校的舞会，他在那时爱上了一个小姑娘。他十一岁，她九岁。毫无疑问，那小姑娘说的就是我：他描述的就是我的裙子，而且那正是我哥哥的预备学校，日期无左。那以

1　原文为法语。

后就没有人爱上过我了，但那时的我真的很漂亮。如果我当时肯赏脸看他一眼，他说，他就会跟着我白头到老。可他这一辈子偷香窃玉，弄得他老婆很不开心，成了个酒鬼，而我至今未婚。您能从中得出什么结论吗，小说家巴恩斯先生？这是七十年前的一次误失良机吗？还是双方的幸运脱逃？他哪里知道我后来成了个女才子，完全跟他不搭嘛。说不定和他在一起，他会把我逼成酒鬼，我呢，会把他推上寻花问柳之路，大家谁也没好日子过，除了他的妻子以外，否则他也就不会娶了她。而且，在他的自传中他会说，他希望他从未将目光投注在我身上。对于这类问题，您还太年轻，似乎难以回答，但是，当您逐渐变聋变傻的时候，您就会越来越频繁地问自己。如果大战前两年我朝不同的方向观望，我现在会身处何方呢？

唉，实在是太感谢您了，祝您生活美满幸福，同样祝福您的子子孙孙。

爱您的西尔维娅·温

1987年1月24日

亲爱的朱利安：

　　这儿有个疯子说她老是见到鬼。如果你一心想看的话，会发现这些鬼魂像一道道绿光一样显现。当她从家里搬到这儿的时候，它们就一直跟着她。麻烦的是，在原来住着的公寓里面，它们一直挺安分的，但是换了个地方以后，当它们发觉自己被关在养老院时，就开始捣蛋了。因为怕晚上饿着，所以我们每人在"小隔间"中都有一个小小的冰箱放宵夜，加洛韦太太在她的冰箱里面放了巧克力和雪利酒。于是，那些捣蛋鬼半夜里就把她的巧克力和酒一扫而光！我们对此都表示了应有的关心——那些聋子更加关心，无疑是因为他们不懂我们在说什么——并且对她的惨重损失深表慰问。此事持续了一段时间，她一直都不高兴，直到有一天她来吃午饭的时候，表情就和柴郡猫一样。"我终于报仇啦！"她欢呼道，"我把它们剩在冰箱里的雪利酒给喝了！"于是我们都庆贺她。唉，但是高兴得过早了，不管加洛韦太太怎样在冰箱上贴纸条，措辞严正恳切，巧克力还是照样在晚上被消灭一空（你觉得鬼魂能读懂什么语言？）。这件事情终于在养老院的一次集体晚餐时间被提了出来，护工和军士长都在。怎样防止鬼魂们偷吃她的巧克力？大家看着班长，她答不上来，很狼狈的样子。说到这儿，我得破例夸夸军士长，他此刻一副令人啼笑皆非的模样，除非——好像还真是呢——他确实相信绿光的存在。"为什么不给冰箱上锁呢？"他提议道。全体鼓掌，一致表示同意，他还自告奋勇地说要去百安居帮加洛韦太太买把锁来。我需要让你察觉[1]，说不定这对您的小说有帮助。我想知道，您会像您的小说人物一样经常骂骂咧咧的吗？在这儿没有人这么做，就除了我对自己说两句以外。

您认识我的死党达芙妮·查特里斯吗？或许是您大姨子的嫂子？不对，您说您来自克拉斯中部。她是来自上部的，我认识的人里面的第一个女飞行员，是苏格兰地主的女儿，她拿到执照以后，经常将德克斯特牛空运到各地。她是战争期间被训练驾驶兰开斯特轰炸机的十一个女人之一。她养了几头猪，将它们中最小的那头起名为亨利，那是她最小的弟弟的名字。在她的住所，有个"克里姆林宫"一样的房间，连她丈夫都不能进去打扰她。我一向认为这就是幸福婚姻的秘诀。不管怎样，她老公后来死了，她就回老家和亨利一起过日子。那地方就是一个猪窝，但他们日子过得心满意得，月复一月地一起慢慢失聪。当他们听不见门铃的时候，亨利就把门铃换成了一个汽车喇叭。达芙妮不愿戴助听

1　原文为法语。

器，因为戴上它们很容易被树枝给挂住。

半夜时分，鬼魂们试图打开加洛韦太太的冰箱，想要吃掉里面的鸡蛋奶酪，而我躺在床上，眼睁睁地看着月亮在这松树间缓缓移动，想着死亡的种种好处。虽然面对死亡我们根本没得选择。呃，当然可以选择自杀，但是，在我看来，这种行为实在是太粗鄙、太自大了，有点类似中途从剧院或者交响音乐会中离场的人。我想说的是——唉，你知道我想说什么。

选择死亡的主要原因：当你到了我这个年龄，大多数人巴望着你去死；逐渐逼近老朽；用尽钱财——花光遗产——等同于脑死亡，只剩一堆老骨头；对新闻、饥荒、战争等越来越不感兴趣；害怕陷入军士长的淫威；渴望探求后世（或许没有后世？）。

选择不死的主要原因：尚未履行别人对你的期望，所以干吗现在就死呢；可能对他人造成痛苦（可是如果这样的话，这也是早晚免不了的）；而且我只看到了B，谎言啤酒厂；舍我谁会惹急军士长？

所以想着想着我就跑出去了。你还能给些其他的理由不？我发现"赞成"总是比"反对"强悍。

上周，有个精神失常的人一丝不挂地站在花园的一头，被发现的时候，手提箱里装满了报纸，俨然在等车。自不待言，火车是不会经过养老院附近的，因为一路的山毛榉让铁路支线无法铺进。

对了，再次感谢您的回信。原谅我的书信狂热症。

西尔维娅

附：为什么我会和您讲这些？其实我只是想说达芙妮是一个只会向前看的人，从不回望。这或许对您来说算不上什么，但是您会逐渐意识到它的深刻性的。

1987年10月5日

亲爱的朱利安：

难道您不觉得语言就是为了达到沟通的目的吗？我的第一个实习学校（培训学校）不让我授课，而只能听课，因为我把一般过去时[1]弄错了。这么说吧，如果当初我学过语法，而不是懂法文，我就可以反驳他们没有人会说"Lui écrivistu?"[2]之类的话。在我就学的那所"学校"，我们主要学词组短语，而不分析句子的

---

1 原文为法语。
2 语法错误，应为"Lui écrivais-tu?"，意为"你给他写信吗？"。

时态。我经常和一个法国女人通信，她只有普通中学水平，写出"J' était"[1]或者"Elle sést blessait"[2]也无所谓。而解雇我的老板，把法语中的"R"发成她那糟糕透顶的闭锁音，听着还像是英语。现在一切都有所改进，这令我甚感欣慰，我们不会把"Paris"的音发成和"Marry"押韵了[3]。

至今我也不确定我写的那一封封长信是否已堕入老年人的唠叨。关键是，小说家巴恩斯先生，懂法语与懂语法是不同的，而这一点适用于生活的方方面面。我找不到你的那封信了，在这封信中，你提到你碰到了一位比我还古董的作家（格拉德？Sp？——我去图书馆里找了找，结果没找到他。不管怎样，我想，我没等读到以G开头的作家就已经不在人世了）。我记得，他问你信不信死后复生，你说不信，他答道："等你到了我的年纪，你也许就信了。"我不是说死后可复生，但有一件事我很确定，那就是三四十岁的你，语法会很好，但是等你又聋又疯的时候，你还得识些法语。（听懂我在说些什么了吗？）

哦！哦！哦！就像是一个地道的可颂！用法国面粉做的才是法式面包。您这个年龄段的人，能够悟到这些吗？昨晚我们吃了罐

---

1 语法错误，应为"J' étais"，意为"我是"。
2 语法错误，应为"Elle sést blessée"，意为"她受伤了"。
3 按照法语发音规则，"Paris"中的"s"不发音，所以能和"Marry"押韵；而按照英语发音规则，"s"须发音。

头咸牛肉丁和烤豆子；我还真希望我不怎么喜欢我吃的东西。有的时候我会梦到杏子。在这个国家你买不到杏子。它们尝起来就像装着橙汁的棉毛线一样。与军士长吵了一通之后，我直接跳过午饭，在镇上吃了三明治和高杯水果冰激凌。

您说，只要你不把死亡当作生命的终点，你就不怕死亡。这话听上去像是诡辩。不管怎样，也许您不会注意中间的过渡。我的朋友达芙妮·查特里斯度过一段漫长的死亡期。"我还没死吗？"她常常问道，有时她说："我死了多久了？"她的临终之语是："我都死了好久了。也没觉得有什么不一样嘛。"

这儿没人和你讨论死亡的问题。你看，这是一种病态行为，而且也不合宜。这里的人不介意谈论鬼啊魂啊这样的东西，但是，只要我正儿八经地想谈这个话题，护工和军士长就告诉我千万不能吓坏了这帮家伙。我奋力打破死亡这一话题禁忌——或对死亡的恐惧——也反对医学界企图将奄奄一息的病人从死亡线上拉回来，让无脑儿继续存活，让不孕妇女拥有人工婴孩。"六年来，我们千方百计就想要一个孩子"——哎呀妈呀！你没就没吧。有一天晚上，我们都吃到了双黄蛋——"怎么了？这好奇怪啊。""他们给小母鸡吃受孕药，让它们尽早下蛋。"

您问，我在冰箱里放了些什么？我的钱包，如果您一定要知道的话，我的通信簿，我的信函，还有一份我的遗嘱（烧掉）。

家庭还完整吗？您的呢？还有别的孩子吗？我看您摩登爸爸的活儿干得不赖。乔治五世都给自己孩子洗过澡呢，但是玛丽女王没有。

最诚挚的祝福，祝您大功告成[1]。

西尔维娅

1987年10月14日

谢谢你，亲爱的先生，[2]寄来这些食物。哎呀，经过了邮局还有我们的军士长，这些可颂可能没有它们离开你的时候那么新鲜咯。我坚持要把这些租借所得慷慨地分给大家，所以聋子疯子都可以每人分到半个。"说什么？说什么？说什么呢？"他们更喜欢松松软软的白吐司，上面带些金黄色的碎末末。如果我把剩下的可颂面包留给多米尼克——它还在那个窗格里——您觉得护工会把我关起来吗？抱歉只能寄明信片了，手臂不好使。

1　原文为法语。
2　原文为法语。

祝福您。

西尔维娅

1987年12月10日

　　巴恩斯给人一种差不多就到胸前的感觉，看布鲁克纳的时候，你必须跑到楼上。我真的觉得她写的《凝视我》是一部优美的悲剧，不像我刚看完的《李尔王》那样，这是我第一次读《李尔王》。除了些华而不实的文字以外，情节、人物什么的都是胡言乱语。典型的君主华服（这词是我刚从填字游戏里面学来的）。这次也只有明信片了——手臂还是不好。

致以最良好的祝愿，西尔维娅

1989年1月14日

亲爱的朱利安：

（是我！老温斯坦利）请原谅我这老年人愈来愈唠唠叨叨了。也原谅我的字迹吧，实在是让人惭愧啊。

电视里小狮仔在吃 porc-épic[1]（为什么是 épic 呢？——拉鲁斯说系 porcospino[2]之讹，但是为什么不是 épine[3]而是 épic 呢？）的样子真是吸引人。我并不是真的被刺猬吸引了——在我的小舍边有拦牛木栅，不时有刺猬掉进去。我发现把它们拎出去最方便了。但是它们满身寄生虫，眼神呆呆的，很难看。

我知道，我这样谈及您的孩子就像老得不行的人一样愚蠢透顶，因为您都说您没有孩子了。请原谅我。当然喽，小说里的事情都是您编出来的。

我都八十四岁了，但记忆力依然不错。我知道巧合的事情无可避免，譬如，鹦鹉、法国学者，等等。还有那个什么文艺名流。一个月以前，我获悉我的大外甥霍顿斯·巴雷特要上大学攻读农学（我们那个时候有林学。你了解护林员吗？认真工作的年轻

---

1 法语，箭猪。
2 意大利语，刺猬。
3 英语中"箭猪"为"porcupine"。

人，肘子上打着皮补丁，住在公园马路边的聚居地，然后一起去林子里干活儿？）。同一个礼拜，我在读一本关于绣球花的书，获知了重瓣金光菊可能是以一位名叫霍顿斯·巴雷特的年轻女子命名的。她和植物学家康莫森一起踏上了布干维尔探秘之旅。我查了一下，发现他们之间相隔数代，姻姻相连，数易其名，但这条线绵延直下。您从中发现什么了吗？为什么我偏偏读了一本关涉绣球花的书呢？如今，我既没有种盆栽，也没有种花窗格。所以，您看，这一切不能都归因于年纪大或者是记忆力好。就好像有一个外在的思想——并不是我的无意识思想——在说："请注意：我们正在看着你呢。"可以说，我是个不可知论者，虽然我也相信"引导者""监视者"这样的假说，甚至是"守护天使"这样的说法。

假如是这样，那又如何呢？我只是在告诉您，我总会有这样的印象，像是被人时不时地戳了几下。"当心！"这种信号在我看来挺有用的。也许，这不是您的责任。对我来说，这是在有意给高级思维提供记忆点。想要知道怎么发生的？来搜我身吧！

因为我在精神的纽带上，我注意到思维的理解力是怎样进化的，这几乎是科技发展的速度：灵的外质[1]像灯心草蜡烛一样过时。

---

1 据说是灵媒在降神的恍惚状态中渗出的一种黏性体外物质。

加洛韦太太——就是那个冰箱上锁和绿色妖精的——"逝去了[1]",护工喜欢这么说。这里,一切都Pass。Pass一下橘子果酱,她这样Pass了一句。真的Pass了吗?他们互相探讨肠子蠕动的麻烦事儿。你认为那些隐隐的绿光会怎样呢?我在某天吃晚饭时问。Ds & Ms想一想这个问题,最后得出的结论是他们也回答不上来,就Pass了吧。

友谊,高贵的情感,[2]等等。

西尔维娅·温

1989年1月17日

我想,假如你疯了,然后你死了,而且亟须一个解释,那么,他们就得先让你变得不疯你才能够理解其意。或者说,你是否认为疯了不过是给我们的现实世界披上了另一件意识的面纱,而它跟别的世界没有任何关系呢?

不要从我在教堂寄来的明信片中做出断论,说什么我已不

---

1 原文为"pass on"。
2 原文为法语。

再用脑子想事情。完全可能是"蔬菜霉菌和蚯蚓"。不过，或许
不是。

西·温

1989年1月19日

　　那么，小说家巴恩斯先生：

　　如果我问您："什么是人生？"您可能会回答说，说来话长，
那不过是一种巧合。

　　因而，问题仍然存在，是什么样的巧合呢？

西·温

1989年4月3日

亲爱的巴恩斯先生：

　　谢谢您3月22日的来信。我很遗憾地告诉您，温斯坦利小姐

在两个月前去世了。她在去寄信的路上摔倒了，摔坏了屁股。虽然医院做了很大的努力，但仍然有很多并发症。她是位可爱的女士，而且，无疑是皮尔彻寓所交际场中的生命和灵魂。人们将永远铭记和怀念她。

如您须进一步问询，请尽管与我接洽。

您忠诚的，

J. 斯迈利斯（护工）

1989年4月10日

亲爱的巴恩斯先生：

谢谢您本月5日的回信。

在清理温斯坦利小姐的房间时，我们在冰箱里发现了好几件贵重物品，还有一小捆信函。可是，由于它们被放在了冷冻层，后来冰箱为了除霜不幸关闭了电源，导致信函严重受损。虽然打印的信笺抬头还依稀可辨，然而，我们觉得，收信人如看到信件已如此损坏也许会很难过，所以我们就把它们给处理掉了，殊为遗憾。兴许您提及的就是这事吧。

我们仍然非常怀念温斯坦利小姐。她是位可爱的女士，而且，她在这儿期间无疑是皮尔彻寓所交际场中的生命和灵魂。

您忠诚的，

J.斯迈利斯（护工）

食欲

他有状态好的时候。当然，他也有状态不好的时候。不过，让我们暂且不考虑那些状态不好的时候。

他状态好时，我就给他读书。我给他读他最喜欢的那几本书：《烹调的乐趣》《康斯坦丝·斯普赖食谱》《玛格丽特·科斯塔四季烹调法》。这些书不一定每次都能奏效，但它们是最信得过的。我已经学会了如何投其所好。比如伊丽莎白·戴维的书毫无用处，他厌恶当代名人的私家厨师。"一帮奶油小生，"他嚷嚷着，"一帮理着额发的奶油小生！"上电视的那些厨师也不合他胃口。"看看这些卑鄙的小丑。"他会这么说，尽管我只不过在读书给他听。

有次，我尝试着给他读《1954年邦·维韦尔的伦敦》，结果犯了大错。医生们告诫我，太激动对他可不好。不过，这等于没说什么，是不是？过去几年，他们传授给我的所有智慧可以归结为这么几条：我们实在不懂病因，我们不知道最佳治疗方案，他有时状态好，有时状态不好，别让他太激动。噢对，再就是这当然是绝症。

在我尽最大努力给他刮好脸后，他会穿着睡衣裤，披着晨衣，坐在椅子上，双脚严严实实地藏在拖鞋里。他不像有些人把拖鞋的鞋帮磨短，整成了帆布便鞋。他总是举止很得体。好，他就这么并脚坐着，脚后跟藏在拖鞋里，等我翻开书本。过去，我翻到哪儿就读哪儿，可那样的读法引起了不少麻烦。另一方面，他也不喜欢我径直读他喜欢听的内容。我必须装出我是不经意间读到它们的。

就这样，我打开《烹调的乐趣》，翻到第422页，开始读"菇香羊肉或者仿制鹿肉"。我只读菜名，并不读做法。我不会抬头看他的反应，但我能意识到他的存在。接着我又读"香炖羊腿""香炖羊小腿或羊腿肉""煨羊肉或洋葱马铃薯炖羊肉"。正如我料想的那样，他纹丝不动。然后是"爱尔兰炖肉"。这时，我能感觉到他微微抬了抬头。"四至六份，"我回应道，"这种有名的炖肉烘烤后不会呈褐色。把1.5磅羔羊肉或普通羊肉切成边长1.5英寸的方块。"

"现在买不到羊肉呢。"他说。

顷刻间，我好高兴啊。虽然只有片刻而已，不过这总比什么都没有强，不是吗？

我继续读下去。洋葱、马铃薯，先削皮再切片，平底锅，盐和胡椒，月桂叶，切碎的荷兰芹，水或者高汤。

"高汤。"他说。

"高汤。"我重复了一遍。煮沸。盖紧。炖两个半小时，时不时摇一下平底锅。熬干汁水。

"没错，"他表示同意，"熬干汁水。"他慢悠悠地说着，让这话听上去像一句哲理格言。

正如我说的，他总是举止得体。我和他刚开始共事时，有些人指指点点，说些关于医生与护士的笑话。不过，那并不是真的。再说了，每天八小时跑前跑后忙着接待、调制药剂、举唾液导管也许会让某些人性欲旺盛，而我只落得个背部酸疼的下场。末了，我不觉得他有兴趣。我觉得我自己也没什么兴趣。

蘑菇橄榄猪腰肉。酸奶油烤猪排。克里奥尔式炖猪排。香辣烤猪排。水果烤猪排。

"加水果，"他边重复边把脸滑稽地扭曲起来，凸出下嘴唇，"外国垃圾！"

当然，他不是真想表达这个意思。或者说他讲这话时没这个意思。或者说他不会有这个意思。三种说法都对。我记得我姐姐费思曾问我，我刚来他这儿工作时他是个怎样的人。我回答说：

"呃，我想他是个见多识广的绅士。"闻此，她咯咯直笑，于是我补充道："我没说他是犹太人。"我只想说他去各地旅行，出席各种会议，有好多新点子，比如在候诊室里放音乐，在墙上挂漂亮的图画，提供当天报纸而不是昨日的旧报纸。过去，在病人走后，他还会做笔记：记下的不仅有治疗过程，还有他们聊过的话题。这样，下次这位病人再来就诊时，他们就可以继续上次聊过的话题。现在，所有的医生都这么做，但他是最早这么做的几位医生之一。所以，在他边扮鬼脸，边说"外国垃圾"时，他并不是真想表达这个意思。

我们共事时，他就已经结了婚，于是人们就臆断起我和他的关系。然而，事实并不像你想的那样。他婚姻破裂时，他深感愧疚。此外，与他前妻惯有的说法和众人眼里的真相恰恰相反，我们并没有私通。我可是不耐烦得很，承认这个也没有什么不好意思的。我甚至还觉得他有点性压抑。不过，有一天，他这么对我说："薇薇，我想和你有一段长长的暧昧关系。在我们结婚以后开始。"这难道不浪漫吗？这难道不是你听过的最浪漫的话吗？所以，假如你想知道的话，事实是哪怕他已经被逼入绝境，他也没做错任何事。

我刚开始给他读书时，他并不像现在这样，只能重复一两个词或发表一句评论。那时，我只需要读到某个特定的菜名，如炸蛋丸、炖牛舌、咖喱鱼、希腊蘑菇，他记忆的闸门便能打开，绵延不绝地回忆起好多事。有一次，我刚刚开始读托斯卡纳花菜（"按照法国人的习惯准备好花菜，用沸水焯七分钟"），他的记忆便开始正常运转了。他记起了桌布的颜色、放冰的小桶如何夹在桌边、口齿不清的服务生、小盘蔬菜、卖玫瑰花的小贩、随咖啡一起上来的圆柱形糖块。他记起了在露天市场另一头有座教堂，人们正忙着在那儿布置一场时髦的婚礼；当时的意大利总理在短短的十六个月中正着手组建第四任政府；我脱了鞋，用脚趾摩擦他那赤裸的腿肚。所有这一切他都历历在目。同时，由于他记忆复苏，我也记起了这一切，至少在短时间内我都记得了。后来，这段记忆变得模糊起来，或者说我不太确定我还能否信任或相信它。这是其中的一大苦恼。

你别误会，毋庸置疑，我们在诊室里从不调情。就像我说的，他总是举止得体，哪怕在我知道他感兴趣后也如此。同时，他知道我也感兴趣。他总是坚持要把公事和私事分开。在诊室，在候诊室，我们是同事，只谈公事。早些年，有次我聊了几句昨天的晚餐或别的什么。当时并没有病人在场，但他还是直接把我给撵走了，叫我去拿几张他并不需要的X光片。情况就这么着，一直到晚上打烊。你看，他就是喜欢把公事和私事分开。

当然，那都是很久很久以前的事了。现在，他已经退休十年了。在过去的七年间，我们各睡各的床。这主要还是他的主意，因为他说我睡着后会乱踢，而他醒来后喜欢听BBC的节目。我想我并不怎么介意，因为现在我们只不过是朋友罢了。也许你懂我的意思。

所以，你可以想象那天晚上我有多惊讶。那天，我给他读了一小会儿书后，开始给他掖被子，这时，他就这么说："钻到我被窝里来。"

"你真可爱。"我说，丝毫没把他的话当真。

"钻到我被窝里来，"他重复了一遍，"求求你了。"然后他看了我一眼，他已经好多年没有这样注视我了。

"我还没有……准备好。"我说。我说这话和过去的意思不同，我是想说我在别的方面没有准备好，在方方面面都没有准备好。毕竟，在那么长时间以后，还有谁能准备好呢？

"来吧，关上灯，把衣服脱了。"

哎，你可以想象我当时想了些什么。我想他这一举动兴许和服药有关。但我转念一想，或许，我一直给他读书有了效果，他的过去回来了，也许，对他而言，这一刻，这一时光，这一天，突然就宛如回到从前。这种想法几乎要把我融化了。我完全不在状态——我不想要他——这一切都不对劲，可我无法拒绝他。于是，我关上灯，在漆黑一片中站着脱衣。我可以听到他凝神听着，也许你懂我的意思。这种倾听的寂静，还真有点激动人心。最后，我深吸一口气，揭开被子，钻进被窝，躺在他身边。

他说——他的话我至死都不会忘记——他用他那干涩的嗓音说，仿佛又在批评我在诊室里谈论私生活："不，不是你。"

我还以为我听错了，可是他又说了一遍："不，不是你，你个荡妇！"

这件事发生在一两年前。现在，情况越来越糟了。不过在当时，那次是最糟糕的，也许你懂我的意思。我立马起床，跑回我的房间，衣服还堆在他床前。如果他真的有意，第二天早上他自己就能弄明白是怎么一回事。他并没弄明白，也没回忆起来。他没有感到羞耻，再也没了。

"酸卷心菜丝，"我读道，"东方豆芽沙拉。菊苣甜菜沙拉。干菜。西式沙拉。恺撒沙拉。"他的头微微一抬。我继续读："四人量。这是一道来自加利福尼亚州的名菜。烹饪方法：把一瓣大蒜剥皮、切片，放到盛有四分之三杯橄榄油的杯子中。就这样。"

"杯子。"他又念了一遍。他是想说他不欣赏美国人用杯子来度量，因为任何一个傻子都知道杯子有大有小。他总是这样，力求精确。要是他下厨时，菜谱说"两或三勺……"，这简直会把他给逼疯了，因为他想知道到底应该取两勺还是三勺。两勺和三勺不可能同时正确，不是吗？薇薇，两勺和三勺中一定有一个

213

更好，这是合乎逻辑的事。

炒面包。取两株生菜、盐、干芥末、大量胡椒。

"大量。"他重复着我刚读过的内容。

五块鳀鱼片、三汤匙葡萄酒醋。

"不用这么多。"

一个鸡蛋，两到三汤匙帕尔玛干酪。

"两到三？"

"柠檬汁。"

"我喜欢你的身材，"他说，"我一直是个窝囊废。"

我不搭理他。

我第一次给他念恺撒沙拉时，他的记忆奇迹般地恢复了。"我当时在密歇根参加欧乐-B[1]的一个会议，你搭乘泛美航班来和我会合。然后，我们漫无目的地开车，故意漫无目的地开车。"这是他的一句玩笑话。要知道，他总是想知道我们在做什么，现在是何时，我们在何地，我们为什么要做这个。现在，人们会叫他控制狂，不过在那时，大多数人都这样。有次，我跟他说，我们为什么不能随意点儿呢，就休息一下换种心情？他标志性地浅浅一笑，说："好极了，薇薇，要是你想那样，我们就漫无目的地开车

1　著名口腔护理用品品牌。

吧，故意漫无目的地开车。"

他还记起了迪诺饭店的大餐。饭店位于州际公路边上的一条路上，要一直往南开好久才能抵达。我们停车在那儿享用午餐。他记起了我们的服务生叫埃米利奥。这个服务生称，教他做恺撒沙拉的人师从恺撒沙拉的发明者。接着他描述了埃米利奥如何在我们面前现场做这道沙拉。埃米利奥先用勺背捣碎鳀鱼片，接着从高高的地方打下一个鸡蛋，然后如演奏乐器般摆弄着那台帕尔玛干酪磨碎机。最后，撒上了几小块油煎面包。所有这些，他都记得。随着他记忆的复苏，我也记起了这一切。他甚至还记得那顿饭我们花了多少钱。

在这种心境下，他能把事情讲得比照片、正常的记忆都还要逼真。他那穿着睡衣、晨衣坐在我对面，仿佛在杜撰事实的样子，俨然一个讲故事的人。他似乎在编故事，不过我知道他说的事确实发生过，因为现在我记起来了：锡制招牌，油井架低头饮水，天空中掠过的红头美洲鹫，我用来扎头发的围巾，暴风雨，暴风雨后的彩虹。

他过去一直很享受他的食物。从前，他会询问病人的饮食习惯，等病人走后，再做点笔记。有个圣诞节，仅仅为了娱乐，他弄懂了和那些不喜欢自己的食物的病人相比，喜欢自己的食物的病人是否更精心地呵护牙齿。他做了张图表，在完成研究前，还不想告诉我他在忙活什么。最后，他说，从统计数据来看，结论是享受食物和呵护牙齿之间没有显著联系。从某种意义上说，这真叫人失望，因为你期望这两者间存在联系，不是吗？

不，他现在也喜欢他的食物。这就是为什么我当时觉得给他读《1954年邦·维韦尔的伦敦》是个多妙的主意。这本书是他收藏的几本旧书之一。他买这本书时，才刚开始行医，刚开始学会享受生活。那时，他还没跟她结婚呢。我在闲置的那间房间里发现了这本书，琢磨着也许它能唤回他的记忆。书的纸张闻起来就年代久远，上面写着这样一些句子："皇后俱乐部就是汤米·盖尔，汤米就是皇后俱乐部。"还有："如果你在搅拌咖啡时一直使用茶匙，而从来没有试过香草荚，你已经错失了餐桌边一百万零一种小小的享受之一。"你明白我当时为什么认为它能把他带回到过去了吧？

他在有几页上做了标记，于是我猜想他一定去过切尔西皇家医院、羚羊酒馆、莱斯特广场上一个叫贝洛梅蒂的地方。这地方由一个叫"农场主"贝洛梅蒂的人经营。这本书这样描述此地："'农场主'贝洛梅蒂无比优雅，足以使他养的牲畜和歪歪斜斜的犁沟自惭形秽。"读起来就像是上辈子人写的，不是吗？我试着给他读了几个名字：拉贝利粉饼、短暂邂逅、匈牙利小酒馆、至尊烤肉、屋顶公牛、瓦里奥的瑞士馆子。

他说："吸我的鸡巴。"

我说："你说什么？"

他换了种可怕的嗓音，说："你知道怎么吸鸡巴，不是吗？你只需要像张开你的阴道般张开你的嘴——然后吸吮。"接着他看着我，那神情好像在说，现在你知道你在哪儿了吧，现在你知道在和谁打交道了吧。

我把他这一切归因于他这天状态不好，或者是药物作用。我并不认为这和我有什么关系。于是，第二天下午，我又故伎重演。

"你去过一个叫彼得饭店的地方吗？"

"在骑士桥路上，"他回答道，"当时我刚给一个女演员做了个棘手的齿冠修复手术。她是个美国人，说我救了她的命。她问我喜不喜欢美食，然后给了我五英镑，让我带上我最喜欢的姑娘去彼得饭店。她真好心，还事先给饭店打了电话让他们接待我。我还从来没去过那么奢华的地方。那边有个荷兰钢琴师叫埃迪。我点了那家店的烤肉套餐：牛排、法兰克福香肠、鹅肝片、煎蛋、烤土豆、两片烤火腿。我现在都还记得那天吃了什么。从那以后，我就肥得像只壁虱。"

我想问那时他最喜欢的姑娘是谁，然而，我脱口而出的是："你点了什么甜点？"

他皱了皱眉，仿佛在查看一张遥远的菜单："把你的阴道填满蜂蜜，让我把它给舔出来，这就是我说的甜点。"

就像我说的，我并不认为他在指我。我想他可能在指好多年前他带去彼得饭店的那个姑娘。晚些时候，我躺在床上，在记忆的词典中查询关于那家饭店的词条。他压根儿没记错。那儿是有个荷兰钢琴师叫埃迪。从周一到周六，他每天晚上都弹琴。至于他为什么周日不弹琴，我读道："并不是因为埃迪个人不愿弹，也不是因为施泰因勒先生的坏脾气，而是由于国人的古板拘谨。国人常使快乐显得荒谬可笑，仿佛快乐是那向内生长的趾甲。"我们是这样的人吗？我们使快乐显得荒谬可笑？我想施泰因勒先生一定是那家店的老板。

我们第一次见面时，他对我说："人生只不过是对死亡的仓促反应。"我告诉他别胡思乱想，在我们前面还有最美好的年华。

我不想给你造成这样一种印象：食物是他唯一感兴趣的事。过去，他还喜欢听新闻，而且总能发表一番自己的见解、自己的信念。他喜欢赛马，尽管他从来不下赌注。每年的德比赛马比赛和全国赛马比赛就够他娱乐了。哪怕是奥克斯赛马比赛和圣莱杰赛马比赛他都不愿意小赌一把。你看，他是个多么克制冷静、谨小慎微的人。他还喜欢读传记，尤其是那些娱乐圈里明星的传记。我们常常旅游。他对跳舞也饶有兴趣。不过，你知道，这一切都已经烟消云散了。现在，他再也不喜欢食物了，至少不喜欢吃了。我用搅拌机给他做菜泥，从不买那些罐头食品。当然，他不能喝酒，因为酒会让他太激动。他喜欢喝热可可和温牛奶。但可可和牛奶都不能太烫，不能煮沸，必须恰好加热到人的体温。

这一切开始时，我想：好吧，这比他可能得的一些更严重的病要好。比一些病糟糕，比另一些病要好。尽管他会遗忘很多事，但他一直是他。在他种种病征之下，他彻头彻尾地还是他。他好像在过第二个童年，不过这是他的童年，不是吗？我当时就是这么想的。就算他的病情继续恶化，他认不得我了，我也还认得他，直到永远的永远。而这就足够了。

在我发现他认不出人后，我找来了相册。我好几年没有添加新照片了。如果你想知道的话，真实原因是我不喜欢药房的反应。不知何故，他喜欢从最后一页翻起。不过，这想法倒是挺不错的——从后往前追忆你的人生，而不是相反从前往后。我坐在他身边，和他一起追忆。我最后贴到相册里的照片是我们那次乘游轮时拍的。这些照片拍得并不很成功。更确切地说，它们没比真人好看多少：一桌领养老金的退休老人，个个头戴纸帽，满脸通红，他们直瞪瞪地盯着你，在闪光灯作用下，双双眼睛都呈粉红色。然而，我觉得在他仔细看每张照片时，他都认出来了。他慢慢地向前翻着相册：退休、银婚、加拿大之旅、周末在科茨沃尔德度过的小假期、被我们哄入梦乡前的斯基珀、重新装修前后的公寓、刚刚出生的斯基珀，等等，一直往前再往前直到我们结婚一年后在西班牙度过的假期。这张照片背景是海滩，我穿的那件衣服我在店里购买时一直很担心。后来，我才意识到我们几乎不可能碰上他的同事。我刚穿上它时，我简直不敢相信我看上去的样子。不过，最后我还是决定买下了它，然后……呃，就这么说吧，关于那件衣服对婚姻关系的影响，我没有任何可以抱怨的。

现在，他停在了这张照片上，盯着它许久，然后抬头看着我。

"我真的可以干她的奶子。"他说。

无论你怎么看，我并不是一个假装正经的女人。让我感到震惊的并不是"奶子"。在我想开后，我发现也不是"她"，而是"干"。是这个字让我感到震惊。

他对别人都挺友善的。我是想说，他都表现得很得体。他对他们似笑非笑地一笑，然后点点头，仿佛一个老教师认出了他从前的一个学生，却不太能对得上名字，也不太记得他是在哪一年上六年级的。他会抬头看着他们，悄悄地向护垫撒尿，无论他们说什么，他都这样回答："你是个很不错的人，他是个很不错的人，你真好。"他们离开时会这样想：是的，我几乎敢肯定他还记得我，在这一切表象之下他还是从前的他。当然，他现在这个样子真是让人伤心透了，他真可怜，她也是。不过，我想这次去看他，他应该挺高兴的吧，那我也就尽到我的义务了。等我在他们身后关上门回家时，他会把茶具往地板上一推，又打碎了一个杯子。我会说："不，别这样，让它们待在托盘上。"他说："我要把我的那玩意儿塞进你肥大的屁股里，在你的屁股里进进出出，喷啊喷啊喷湿你。"接着他咯咯一笑，仿佛为他对茶具做的坏事没被发现而高兴，仿佛他欺骗了我，仿佛这些年他一直都在骗我。

一开始，他的记忆比我要好。这真是件可笑的事。我过去曾想我可以靠他来记忆，我是想说，在将来，我可以这样依靠他。现在，我看着二十年前我们在科茨沃尔德度周末时拍的一些照片，心想：我们住在哪里？这个教堂或修道院叫什么名字？我为什么要拍这个围着连翘的篱笆？谁开车的？我们当时结婚了吗？不，我没问最后一个问题，也许我还是问问他为好。

他说："吸吮我，快来，用嘴巴，灵活地动动你的舌头。"他说这话时不带一点儿喜爱之情。他说："把你的胸涂满婴儿润肤露，使劲儿挤挤你的胸，让我埋在你的胸里干你，然后在你的脖子上高潮。"他说："让我在你嘴里拉屎吧，你一直希望我干这个，不是吗？你个小气的荡妇，他妈的就让我这么干换换口味吧！"他说："你就按我说的做，我会付给你钱，不过你没得选，你必须什么都做，我会付钱的，我的养老金一次性都领出来了，没必要留给她用。"这里的"她"不是指她。他在说我。

我并不担心他不留钱给我。我能请律师帮忙。不过，假如他病情恶化，我将不得不花钱请护士。不知他还能活多久。也许，到头来我会把他的钱花个精光。是啊，确实没必要留任何钱给她用。我想那时候我会发现自己不停地在做算术。比如：二三十年前，他使出浑身解数，一心一意工作两三天挣来的钱现在只够我请一两个小时的护士。我得请护士来给他擦屁股，烦请他们忍受一个淘气的五岁小孩儿的胡话。不，这样说不对。是个淘气的七十五岁老头。

在那许多年前，他说："薇薇，我想和你有一段长长的暧昧关系，从我们结婚以后开始。"我们新婚之夜，他像拆礼物般褪去了我的衣服。他总是那么温柔。我过去常笑话他，我会说："没事啦，干这事儿我才不需要麻醉呢。"可是他并不喜欢我在床上开玩笑，于是我再没这么说过。我想，到头来他比我还当真。我是想说，我这么说并没有什么不对的，我只是觉得在必要时，你应该可以笑人家。

假如你真想知道真相，那么现在的情形是，我发现已很难记得我们在床上的模样了。那好像都是一些别人干过的事。有人穿着他们自认为时髦而现在看起来很可笑的衣服。有人去彼得饭店，听那个叫埃迪的荷兰钢琴师从周一一直弹奏到周六。有人用香草荚搅拌咖啡。这一切是多么奇怪、多么遥远啊。

当然，他仍然既有状态好的时候，也有状态不好的时候。我们漫无目的地生活，故意漫无目的地生活。他状态好时，他不会太激动，他会边享受温牛奶，边听我读书。然后，就那么一会儿，一切都会变成原来的样子。并不是回到从前的样子，而是一小会儿前的样子。

我从来没有呼唤他的名字以引起他的注意，因为他会觉得我是在呼唤别人，这会吓到他。不过我会说："菜炖牛肉。"他并不抬头，不过我知道他听见了。"菜炖羊肉，菜炖猪肉，"我继续读，"菜炖小牛肉和猪肉。比利时炖牛肉或啤酒烩牛肉。比利时啤酒洋葱炖酸甜牛肉。"

"外国垃圾。"他边咕哝边微微一笑。

"炖牛尾。"我继续读，他微微地抬起头，尽管我知道这头抬得还不是时候。我已知道了他喜欢听什么；我已知道了时机的掌握。"牛肉卷，肉卷或小牛肉卷。牛排牛肾派。"

他抬起眼睛，满怀期待地看着我。

"四人量。把烤箱预热到350度。这道菜最经典的配方使用的是牛肾。"他摇摇头，表现出几分异议，"如果用牛肾，牛肾必须先在沸水里焯过。然后把1.5磅牛腿肉或其他牛肉切成半英寸厚的小薄片。"

"或别的。"他不以为然地重复着。

"四分之三磅小牛或小羊肾。"

"或。"

"三茶匙黄油或牛脂。"

"或。"他重复地更大声了。

"加了作料的面粉。两杯褐色高汤[1]。"

"几杯。"

"一杯干红葡萄酒或啤酒。"

"杯。"他重复着。"或。"他重复着。接着他笑了。

就这一会儿，我好高兴。

1　褐色高汤是法式烹饪中最基本的高汤之一，其原材料主要有骨髓、牛肉、家禽、胡萝卜、甘蓝、韭葱、芹菜、欧洲防风、洋葱。在这款高汤的制作过程中，以上食材须炖数小时之久，最终汤汁呈深褐色。褐色高汤是烹制许多酱汁、汤汁和炖肉的原料。

水果笼子

十三岁的时候，我在浴室的壁橱里发现了一管避孕胶。尽管我时常疑心，任何瞒着我、不让我知道的事情，很可能都与情欲有关，但当时我并没有立刻意识到这管挤扁了的药膏派什么用场。壁橱里有治湿疹的药膏，有治脱发的，甚至还有遏止中年发福的。但是这管药膏上印着的细小字母，尽管脱落了不少，还是让我知道了我不想知道的事情：我的父母亲仍在干那事。更要命的是，这就意味着母亲可能再度怀孕，这简直难以置信。我已经十三岁了，姐姐十七岁。我暗想，或许这管药膏已经放了很久，于是我试着挤了一下膏体。当药膏在我手指间缓慢变形的时候，我心里沮丧极了。我碰了下帽盖，它立刻就被拧开了。这当儿，我的另一只手肯定又挤了药膏，因为一坨黏糊糊的东西喷到了我的掌心。想想母亲把这管东西涂在自己身上的某个部位，不管是哪个部位，因为很有可能它并不是全套用具。我凑近这管凝胶闻了闻，一股汽油味儿，这味儿既让人觉得像在手术室，又恍惚是在停车场。真恶心。

这件事情发生在三十多年前，今天我突然又想了起来。

我一直对父母很了解。我认为这几乎是不言而喻的。让我解释给你听。儿时的我备受父母的宠爱与呵护，坚信父母亲之间的纽带是不可分割的。青春期给予我惯常的无聊和虚假的成熟，但并不比别人严重。年长以后，我身心健康地离开了家，从未曾长时间不与他们联系，还为他们膝下添了一男一女两个孙儿，算是弥补了姐姐的缺憾（她总是一心扑在工作上）。之后，我郑重其事地与父母做了一次谈话——好吧，其实就是跟我母亲——谈论衰老的现实以及木屋的状况。我为他们的四十周年结婚纪念日举办了一场围桌午餐，检查他们的房屋，还与他们讨论其遗嘱。母亲甚至告诉我她想怎么处置他们的骨灰：要我将骨灰盒带到怀特岛[1]的悬崖上去（我猜想怀特岛是他们的定情之处），然后将骨灰撒向海风与海鸥。而我开始担心我该怎么处置空了的骨灰盒。你当然不可能在悬崖上撒完骨灰后，把骨灰盒也一起扔了；你也不可能保存它们——我不知道——用来装雪茄、巧克力饼干或者圣诞饰品。你当然也不能把它们塞进停车场的某个废物箱，母亲还

1　英国南部岛屿，靠近英吉利海峡的北岸，与大不列颠岛隔索伦特海峡，是著名的旅游胜地。

颇有用意地在军械所测绘图上将它圈出来。那幅测绘图可是她在父亲外出的时候硬塞给我的，还时不时地向我确认到底有没有把它放在安全的地方。

你看，我有多了解我的父母。

我的母亲名叫多萝西·玛丽·毕肖普，跟我父亲结婚时，母亲毫不留恋地放弃了她的娘家姓希思科克。父亲名叫斯坦利·乔治·毕肖普。母亲出生于1921年，父亲出生于1920年。他们在西米德兰兹郡的不同地区长大，在怀特岛相遇，婚后他们把家安在伦敦市区郊外，退休后搬到了埃塞克斯-萨福克郡郊区。一直以来，他们的生活井然有序。二战期间，母亲在县测绘处工作，父亲则供职于英国皇家空军。当然，他并不是飞行员之类的。事实上，他的才能体现在行政管理上。后来，他进入了地方政府机关，一路升至副主管。他喜欢说，他负责一切我们认为是理所当然的事情。不可或缺却又不被赏识：父亲就是这么一个刻薄的人，这也是他刻意为自己塑造的形象。

卡伦长我四岁。回忆起童年，仿佛有各种气味扑面而来。麦片粥、蛋奶沙司的香味、父亲的烟斗、洗衣粉、巴素擦铜水[1]的气

---

1 多用途的金属擦亮剂，能清洁及擦亮黄铜、青铜及铬制品等。

味，母亲在出席共济会晚宴前抹的香水味。腊肉的香味会穿过天花板直达我的卧室。窗外还结霜的季节，苦橙的香味便如火山般喷涌；足球鞋上干了的泥土混合着绿草的清香；厕所使用过的臭味，厨房下水道污水的反味；莫里斯[1]轿车皮椅坐久后散发的气味，还有我父亲铲煤旺火时煤屑那刺鼻的气味。所有这些气味恍如昨日重现，重现在眼前的还有过去亘古不变的生活节奏：学校求学、关注天气、种植花草、干家务活儿。红花菜豆花吐出的红色新芽，抽屉底层折叠的背心；樟脑丸；引火棒。洗衣机嚣张地霸占着厨房的地板，粗大的米黄色水管不定时地向水槽输送滚烫的灰色污水。在排掉污水之前它会一直轰轰作响、颤颤抖动。每到星期一，我们的房子便会随着这轰鸣声有节奏地震颤，还有洗衣机金属铭牌上镌刻着的制造商名字——索尔[2]。郊外，雷神时而宁谧静坐，时而肆意咆哮。

我想找应该跟你谈谈我父母的性格。

在我看来，人们过去通常认为我的母亲比父亲更具天赋。父亲以前——现在亦然——魁梧壮硕，大腹便便，手背上静脉凸起。他经常说他的骨头重。我不清楚骨头的重量也会有所差异，

---

1 英国莫里斯动力公司著名的小型轿车。
2 北欧神话中的雷神。

事实可能并非如此，他这么说的目的或许是想要逗乐抑或糊弄我们这些孩子。当父亲那粗厚的手指在支票簿上踌躇，或是在摊开的自助修理书面前重装插头时，他会显得笨拙迟缓。但孩子们乐意自己的父母中有一位是迟钝呆笨的：这样成人的世界似乎便可亲近一些了。父亲经常带我去一家他称之为"了不起的温"的店，去那儿买成套的飞机模型（回忆起那里，似乎又多了些气味：美洲轻木、各色涂料与金属刀具的气味）。在那个年月，地铁的回程票上都有一排未裁切的齿孔，去程占据票面的三分之一，回程占三分之一——这种分割法的逻辑我实在弄不明白。那个时候，父亲带我坐地铁，每次我们走近牛津广场车站检票处时，他总会停下脚步，疑惑地看着他大手掌中的一张张票子。这个时候，我会轻巧地从他手里把票子拿过来，沿着齿孔撕开，将用作回程票的三分之一放回到他手里，然后得意扬扬地将外面的残余部分递给检票员。当时我约莫九岁或是十岁，十分得意于自己灵巧的手指；然后随着岁月的流逝，我开始疑心，这是否只是父亲唬人的把戏。

母亲极具组织才能。尽管父亲一生都在负责城镇的正常运转，但是一关上前门，他就要服从于另一个人的管理章法。母亲为他购置衣物，安排社交生活，监管我们的学业，预算家庭收支，决定假期去向。在外人面前，父亲总是微笑着称呼母亲为

"大管家"或"高管"。先生，您想要些肥料吗？高级货啊。沤得很好了。不信，你自己抓一把看看。"我要去问问大管家的意思。"我父亲会说。每当我央求父亲带我去观看飞行比赛或是板球比赛时，他又会说："去问问高管吧，看她怎么说。"母亲总能轻易将三明治的硬壳部分去掉，而不浪费一丁点儿肉馅：手掌与刀刃之间配合默契。母亲口味刁钻，我认为那是家政屡屡挫败所致，但她本人倒十分得意于自己的治家本领。有时，母亲缠着父亲让他干这干那，父亲会叫她别烦了，母亲则会回答："只有让男人做他们不想做的事情时，他们才会用'烦'这个词。"大部分时候，他们醉心于园艺。他们一起建了个水果笼子：由橡皮圆球连接起来的杆子，一英亩见方的丝网，加固的篱笆，以防各种鸟类、松鼠、兔子、鼹鼠等。凹陷的啤酒陷阱捕获过不少蛞蝓。通常，他们在下午茶之后会玩一会儿拼字游戏；晚饭以后玩一会儿填字游戏，然后再看电视新闻。多么井然有序的生活啊。

六年前，我注意到父亲的脑袋边上有一个很大的瘀痕，就在太阳穴上面，紧挨着发际线。瘀痕的外围已经开始泛黄，但中间仍透着青色。

"爸，你怎么啦？"那时我跟父亲站在厨房里。母亲刚开了一瓶雪利酒，正用一块纸巾裹住酒瓶的颈部，这样做是为了防止父亲倒酒时马虎大意，把酒给洒了。我时常纳闷，母亲为什么不自己倒酒，也好省了纸巾。

"老蠢货摔了一跤。"母亲恰如其分地将纸巾打了个结，她比任何人都知道，用力过猛，纸巾就会撕裂。

"爸，你还好吧？"

"好得很。问大管家就知道了。"

晚些时候，母亲在厨房里洗刷碗具，我们两个则观看电视上正在播放的下午场的斯诺克比赛，我说："爸，你头上的伤是怎么回事？"

"摔了一跤。"他回答道，眼睛依旧盯着电视屏幕，"哈，就知道他要打进母球。这帮小子哪里懂得斯诺克呀？就知道进球，是不是？没有一点儿防守技术。"

喝完茶后，他们玩起了拼字游戏。我说我就在一旁观战。母亲一如既往地获胜。但这次父亲的游戏方式变了，似乎在哀叹命运给他发了一副烂牌，这让我觉得父亲有点听天由命了。

我想我得跟你说说村里的情况。事实上，它不啻是个十字路口而已。村子里居住着一百多口人，各家各户之间保持既亲昵又不失分寸的距离。村里的三角绿化带被冒失的摩托车手撞得七零八落；一间村镇大厅、一座不再用于参拜的教堂、一间混凝土建的公共汽车候车亭、一个镶嵌着狭小投信口的邮箱。母亲常说乡村小店卖各类必需品，好让村里的人时常光顾，免于倒闭。至于我父母的小木屋，它宽大敞亮却毫无特色：木质结构、混凝土地板、双层玻璃窗：一派瑞士农舍风格——房产代理商就是这么宣传它的。换句话说，这其实就是一个倾斜的屋顶覆盖在一间储藏室上方，那里放置着生锈的高尔夫球棒以及丢弃了的电热毯。对于为何在这里居住，母亲给出的唯一具有说服力的理由是：三公里以外有个专门销售冷冻食品的市场。

距离村子相反方向三公里处是一个破旧的英国军团俱乐部。父亲通常会在周三的中午开车去那里，用他的话说是"让高管清净一下"。一块三明治、一品脱混合啤酒，遇上谁便与谁来上一局台球比赛，然后在下午茶时间带着满身的香烟味回到家里。他把他那件军装——棕色花呢夹克，肘部镶皮，袖子是浅黄色的双斜纹布——挂在贮藏室里的衣架上。父亲的周三行程得到了母亲的首肯，甚至也许是母亲拍板决定的。她认为，父亲之所以喜欢桌球而不太喜欢斯诺克，是因为台球桌上的球比较少，这样他就不需要动太多的脑子。

我也曾问过父亲，为什么他喜欢桌球而不太喜欢斯诺克，他并没有回答说桌球是绅士的游戏，更微妙更优雅之类的话。他说："桌球比赛不必结束。即使你一直输，比赛也可以永远进行下去。我不喜欢有结局。"

父亲很少以这样的口吻说话。通常他说话时总以微笑示人，但他话里所带的讥讽语气常常让他有失恭尊，也有失严肃。我们之间的谈话方式由来已久：亲密友善，却很少直抒胸臆；相互温暖，却又疏离淡漠。英国式的，哦，是的，英国式的，典型的英国范儿。在我们家里，我们从不相互拥抱、相互拍背，我们从不多愁善感。人生大事：我们通过邮购获得了这些资格证书。

听起来，好像我更偏爱父亲一些。事实上，我无意将母亲描述成一个精明严厉、缺乏幽默感的人。好吧，说到精明严厉，母亲确实如此。在有些方面，也确实缺乏幽默感。母亲极其重视她的体重：即使过了中年时期，她依然身量苗条。就像她经常说的，她无法欣然容忍愚人。父母亲刚刚搬进村子时，遇到了罗伊斯一家。吉姆·罗伊斯是他们的家庭医生，作风老派，喝酒抽烟毫无节制，一个劲儿地说抽烟喝酒的嗜好无伤大雅，对健康毫无害处，直到有一天他突然死于心肌梗塞，死时年龄远低于男性平均寿命。吉姆·罗伊斯的第一任妻子死于癌症，妻子死后当年他就再婚了。第二任妻子艾尔西·罗伊斯擅长交际，胸部丰满，比吉姆年轻许多多岁，常戴一副个性十足的眼镜，而且，就像她说的"喜欢跳点儿舞"。母亲经常称她为"无忧无虑的罗伊斯"。村里的人对艾尔西的生平基本有了如下的定论：她的前半生大都花在毕肖普的斯特拉特福德为她的父母操持家务，她经常说她以前做过吉姆·罗伊斯的前台接待，吉姆是受了她的胁迫才与她结婚的。

"你知道根本不是这么回事儿。"父亲有几次会为艾尔西辩驳几句。

"我不知道事实是不是这样，但你也不知道。可能是她毒死了第一任罗伊斯夫人，才把吉姆给勾到手的。"

"呃，我倒认为她是个热心肠的女人，"面对母亲锐利的眼神与沉默，父亲继续说道，"可能就是有点乏味。"

"乏味？就像观看电视机测试图。只是一直不停地朝你哇哇嚷嚷。而那头发是从一个瓶子里来的。"

"是吗？"父亲显然被这种说法吓了一跳。

"哎，你们这些男人，你想过天然的发色吗？"

"我从没这么想过。"爸爸沉默了一会儿。与往常一样，母亲总能将父亲拉入同一阵营，最后说道："现在你已经……"

"已经什么？"

"已经想过了。无忧无虑的罗伊斯的头发。"

"噢，不，我在想别的事儿呢。"

"你打算跟天下的人共享其利吗？"

"我在想这字谜游戏里到底有多少个'U'。"

"天哪，"母亲回答道，"这里只有'A'和'E'，傻瓜。"

父亲对此笑而不答。你知道他们是怎么相处的了吧？

有一次，我问父亲他的车况如何。那时他已经七十八岁了，我在想他们还能让他开多久。

"引擎转得不错。车身有点问题。底盘生锈了。"

"那你怎么样啊，爸？"我尝试着拐弯抹角地问他，可是没有成功。

"引擎转得不错。车身有点问题。底盘生锈了。"

现在，父亲躺在床上，很多时候就裹在他那绿条纹睡衣里，大部分时候穿着不太合身的衣裤——这套衣裤也许是某位已去世的人传下来的。他像以往那样对我眨眨眼，并且以"亲爱的"称呼别人。他说："我的妻子，你知道。那些幸福的岁月啊。"

母亲通常会务实地谈及人生最后四件事，也就是现代生活的最后四件大事：立下遗嘱，谋划老年生活，面对死亡，不能相信来生。最后，父亲在六十多岁时，在众人的劝说下，立了一份遗嘱。他从不谈及死亡，至少我从未听他谈过。至于来生：在我们一家为数不多的进教堂的时刻（只有举行婚礼、洗礼或是葬礼的时候），父亲会长时间双膝跪地，将手指按在脑门上。这是祈祷吗？抑或只是童年时保留的习惯？或许它显示了恭敬，或者这背后原本有一个开放的心灵？母亲对精神的神秘力量则远没有父亲那样模棱两可。"废话。""一大堆天书。""从来没受他们影响过，你懂吗，克里斯？""是的，妈。"

我问我自己：在父亲的长久缄默与俏皮眨眼背后，在向母亲俯首称臣背后，在这躲躲闪闪背后——或者，你也可以说彬彬有礼——在面对人生最后四件大事时，父亲可曾有惊慌失措，可曾有对死亡的恐惧？或者这本来就是一个愚蠢的问题？有谁可免于死亡的恐惧？

吉姆·罗伊斯死后，艾尔西试图与我父母保持热络。她时常邀请他们去喝茶，去喝雪利酒，观赏她的花园，但这些一律被母亲婉言谢绝了。

"我们是因为喜欢吉姆才忍受她的。"母亲这么说。

"哦，她也挺可爱的，"父亲回答道，"她没害人。"

"一袋子泥炭也没害人啊。没害人并不代表你非得跟她一起喝杯雪利酒。不管怎么样，她得到了她想要的。"

"吉姆的抚恤金。她现在可舒服了，不需要玩马金兹[1]来消磨

---

[1] 一种用扑克牌或多米诺骨牌玩的牌戏。

时光了。"

"吉姆会喜欢我们与她继续保持来往的。"

"吉姆才不会呢。你该看看她不停嚷嚷时吉姆的表情。你可以想象他的脑子都在开小差了。"

"我倒认为他们非常相爱。"

"你也就这么点观察力。"

这时，父亲向我眨了眨眼。

"你在眨什么呢？"

"我，眨眼？我怎么会做这种事儿？"父亲侧了侧脑袋，又向我眨了眨眼。

我要说的就是：父亲的行为总是互相矛盾。但是这样做有意义吗？

那件事是这样败露的：起因于水仙花种子。邻村一位朋友想给我们一点多余的水仙花种子，母亲就说可以让父亲在从军团俱乐部回来的路上顺带把它们取了。于是她打电话去了俱乐部，想让父亲接电话。俱乐部秘书说他不在。母亲在未得到她想要的答案时，总是将之归咎于对方的愚蠢。

"他在俱乐部里打桌球。"她说。

"没有，他不在。"

"别犯傻了，"母亲说道，我完全可以想象她当时说话的语气，"他每个礼拜三下午都在那儿打桌球。"

"夫人，"母亲接着听到这样说，"我在这个俱乐部干了二十年的秘书，这期间从未有人在周三下午打过桌球。周一、周二、周五下午有。周三下午，绝对没有。明白我的意思了吗？"

作这番对话时，母亲已经八十岁了，父亲八十一岁。

"你过来，跟他讲讲理。他已经成老糊涂了。我要掐死那个婊子。"这个时候又是我，像以往一样，是我出现，而不是我姐姐。不过这次不是立遗嘱、请律师或者修房屋。

母亲在危难时机精神高度紧张：外表焦虑，内心疲惫，两者相互推波助澜、火上浇油。"他不会听你讲理的。他听不进任何东西。我要去修剪茶藨子了。"

父亲看到我来了，迅速从椅子里站了起来。我们像往常一样握手致意。"很高兴你来了，"他说，"你妈什么道理都听不进。"

"我可讲不了太多道理，"我说，"别太指望我。"

"我什么都不指望。就是很高兴看到你来这儿。"父亲脸上少有的直白的快乐让我觉得惊异。他端坐在椅子里的样子也让我诧异；通常他都会歪斜着身子，就像他常常歪斜着看人，歪斜着评价人。"我跟你妈要分开了。我打算住到艾尔西那里去。我们要把家具跟银行账户给分了。你妈可以住在这儿，她想住多久就住多久，不过老实跟你说，这地方我可从来没喜欢过。当然这儿一半是我的，所以假如她想搬，她就得找个别的小点儿的地方住。如果她会开车的话，也可以把那辆车要去。但我怀疑这个主意是否可行。"

"爸，这样已经多久了？"

他看着我，没有朝我眨眼，也没有脸红，只是轻轻地摇了摇头："恐怕这不关你的事。"

"当然跟我有关系啰，爸。我是你儿子。"

"那倒也是。你可能在想，我是不是打算重新立一份遗嘱。我不打算这么做。至少目前没这打算。我现在就是想跟艾尔西住一块儿去。我并不是要跟你妈离婚或是干吗。我只是要跟艾尔西住一起。"在父亲念"艾尔西"这个名字的时候，我意识到我的任务——至少是母亲给我的任务——是不会成功的。他念她名字理直气壮，里面没有一星半点的迟疑与歉疚。"艾尔西"三个字听来掷地有声。

"没了你，妈的日子要怎么过啊？"

"她会管好她自己的。"父亲这话听上去并不尖刻，但干脆利落，透着一股子万事皆已搞定的劲儿，只要别人多想想，就定会认可，"她可以掌控她自己一人的生活。"

241

这么多年以来，唯有一次，父亲的举动让我大为惊骇：我透过窗户看到父亲从水果笼子里抓出一只乌鸫，在拧它的脖子。我能看出那个时候父亲也在出汗。然后他把鸟的腿系在网上，让它倒吊着不住摇晃，以吓退其他觊觎水果的生物。

之后，我们谈论了一些别的事儿。说是谈论，倒不如说，是我在说，父亲在听。我就像一个背着大运动包走到门前的孩子，包里塞满了抹布、麂皮、熨斗板的盖布，夸夸其谈，口若悬河，让人们相信只要买了这些货品，就能远离罪恶的生活。最后，当我在他们面前关上门的时候，我知道他们有何感受。我极力夸赞我包里的物品，父亲颇有礼貌地听着，却没打算要买。末了，我说：

"爸，你还是会再仔细考虑的吧？再给点时间考虑吧？"

"如果还要再考虑，我就要死啦。"

自从我成年以后，我跟父亲一直保持既亲密又疏离的关系；有些话留着不说，但仍然友好，彼此平等。而如今我们之间仿佛出现了一道新的鸿沟。或者，也许并不新：父亲又成了家长，在重申对这世界更广博的知识。

"爸，我知道这不关我的事，但这是因为……生理需要吗？"

父亲那清澈的灰蓝色眼睛看着我，没有责备，有的只是笃定沉着。假如我们当中有一个人要羞红脸的话，那个人一定是我。

"这确实不关你的事儿，克里斯。但是既然你问了，我的答案是：是的。"

"那么……"我无法继续说下去。父亲不是那种年届中年、喝得醉醺醺、口角流涎的朋友；他已经是个八十一岁的老人了，却在过了五十多年的婚姻生活之后，为了一个六十来岁的女人离家出走。构思对他的提问都让我害怕。

"但是……为什么是现在？我是说，既然已经过了这么多年了……"

"这么多年什么？"

"这么多年一直以为你在俱乐部里打桌球。"

"儿子，大部分时间我确实在俱乐部。我说打桌球是为了让事情简单一点。其实有些时候我就是坐在车里，看着田野。不，艾尔西……是最近才有的事。"

晚些时候，我为母亲擦干碗碟。她边给我递上派热克斯[1]锅盖，边说："我希望他还用那东西。"

"什么东西？"

"你知道的。就那东西。"我放下锅盖，伸手去取平底锅。"包在纸里。跟尼亚加拉瀑布押韵。"

"哦。"较为简单的字谜提示。

1　一种耐热玻璃。

"他们说，全美国的老男人都跟公兔似的东奔西跑。"我努力不把父亲想成是一只公兔，"男人都是蠢货，克里斯。年复一年，他们唯一的变化就是越变越蠢。我希望我能过好自己的日子。"

后来，我打开盥洗室角落里一个镶着镜子的壁橱门，仔细往里瞧了瞧。痔疮膏、防脱发洗发水、脱脂棉、邮购的预防关节炎的铜手镯……别傻了，我想。肯定不是放在这儿，肯定不是现在用的，肯定不是我父亲。

起初我想：父亲只不过是另一桩案例罢了，只不过是一个男人在自我意识驱使下，受到新奇感与性爱的蛊惑而已，只是当事人的年龄让整件事情看起来有异于常，但事实并非如此。它依旧平常、乏味、俗气。

继而我想：我知道些什么呢？是什么让我认定我的父母不再做爱—— 或是已经不做爱了？这件事情发生之前，他们一直同睡一张床。我对这个年纪的性爱又知道些什么呢？这就留下了一个大问题：设想母亲在，比方说，六十五岁那年，不得不放弃性爱，却发现丈夫在十五年以后跟一个与她放弃性爱时年龄相仿的女人跑了；或者，半个世纪以后仍然与丈夫做爱，却发现他另有所爱；对母亲来说，这两者哪一个更糟糕呢？

随之我想：假如这一切并非关乎性爱呢？假如父亲说："不，儿子，这跟生理需求没关系，我只是恋爱了。"这样会不会让我好受一些？这个我曾经问过的问题，在当时看来如此难以启齿，其实简单易解。为什么我们就认定人的心会随着性功能的丧失而封闭起来？就因为我们想要——抑或是需要——将老年阶段视为人生的平静期，不允许再有任何波澜？现在我倒认为这是青年时期的一大阴谋。不只是青年时期，也包括中年，包括人生的每一个阶段，直到我们承认自己已经老了。而且这是一个旷日持久的阴谋，因为它与我们的信仰串通一气。老人通常坐在那儿，将毛毯裹在膝盖上，顺从地点头，坦承他们的黄金时代已经结束。他们行动迟缓，不再血气方刚。他们的生活之火已然熄灭——或者至少在漫漫长夜里只有无休无止的松弛怠惰。只有我的父亲拒绝玩这游戏。

我没告诉我父母我打算去见艾尔西。

"什么事？"她站在条纹玻璃门口，双臂抱胸，昂着头，夸张的眼镜在太阳底下闪闪发光。她的发色如同秋天的山毛榉，此时我看到她头顶心的头发稀稀疏疏的。她的脸上抹了粉，却不足以掩饰脸上不时可见的毛细血管。

"我们能谈谈吗？我……我爸妈并不知道我来这儿。"

她扭转身，一言未发。她的有缝长袜在我眼前不住晃动。我跟着她，走过狭窄的走廊，进入起居室。木屋的格局与我父母家的别无二致：右手边是厨房，走廊到底有两间卧室，杂物间紧挨着盥洗室，左手边是起居室。可能是同一个建造商建的，也可能所有的木屋差不多都一样。在这方面，我不是专家。

她坐在低矮的黑色皮椅上，立刻点燃了一支香烟。"我警告你，我已经够老了，千万别来跟我说教。"她穿了一条棕色的裙子、一件米色的衬衫，戴了一副蜗牛壳状的大耳环。此前，我见过她两次，理所当然地厌烦她。毫无疑问，她对我必定也是这般感受。现在，我坐在她面前，拒绝她递来的香烟，试图将她视为一个妖妇，一个家庭破坏者，一段乡村丑闻的制造者，但在我面前的分明是一个年过六旬、丰满圆润、略显紧张、颇含敌意的女人。不是妖妇——也不是我母亲较为年轻的翻版。

"我来这儿不是为了说教。我只是为了弄明白究竟是怎么回事。"

"哪里需要弄明白？你爸要过来跟我一起住了。"她愤愤地吸了一口烟，然后将烟从嘴上拽开，"如果他不那么厚道的话，现在早在这儿了。他说他得让你们全都习惯了才行。"

"他们是老夫老妻了。"我尽力让我的语气显得不偏不倚。

"你还想要的东西，你是不会放手的。"艾尔西唐突地说道。她快速地又吸了一口，狐疑地看着手中的烟。她的烟灰缸用两端系着重物的皮带悬挂在扶手椅上。我指望看到烟灰缸里塞满了留着猩红色唇印的烟蒂。我指望看到猩红色的手指甲与猩红色的脚指甲。但是没有这样的运气。她的左脚踝穿着一只护踝短袜。但是我又了解她多少呢？知道她曾经照顾她的父母，曾经照顾吉姆·罗伊斯，现在提出——或者仅仅是我的揣测——要照顾我的父亲了。她的起居室里物件纷繁杂陈：随处可见用吃剩的酸奶罐种植的非洲堇、多得不得了的靠垫、一对制成标本的动物、一台放在鸡尾酒柜里的电视机、一摞园艺杂志、一大沓家庭合照、一台内嵌式电暖炉。所有这些与我父母家的并无太大差别。

"这是些非洲堇。"我说。

"谢谢，你说对了。"她似乎在等待我说一些可以让她抓住把柄狠狠回击的话。于是我沉默着，但这无济于事。"她不该打他，是不是？"

"你说什么？"

"她不该打他，是不是？如果她想留住他的话，就不该。"

"你别瞎说了。"

"那个平底锅。脑袋的一边。六年前，不是吗？吉姆一直觉得很可疑。最近也有很多次，只是看不出来罢了，她可是学乖了。在他背后打她。如果你问我，我觉得这是老年痴呆，应该被送到精神病院去。"

"谁告诉你的？"

"嗯，她可没跟我说过。"艾尔西盯着我，点燃了另一根烟。

"我的母亲……"

"相信你愿意相信的吧。"显然，她并没有要讨好我的意思。为什么她要讨好我呢？这可不是一场面试。她将我送到门口，我下意识地伸出了手。她匆匆握了握，嘴里重复道："你还想要的东西，你是不会放手的。"

我对母亲说："妈，你曾经打过爸吗？"

她立刻嗅出了我信息的来源："是那个婊子说的吧？你可以跟她说，我要跟她在法庭上见。应该把她……浑身涂上柏油、粘上羽毛，不管怎样严惩都行。"

我对父亲说："爸，也许这是个愚蠢的问题，可是我想问你，妈打过你吗？"

他的眼神依旧清澈、直率："我只是摔了一跤，儿子。"

之后，我去了医疗中心。在那儿，我见到了一位身着紧身连衣裙的女医生，她孜孜忙碌着，散发出一股子原则性很强的劲道儿。她在罗伊斯医生退休后加入了医学中心。医疗档案当然是十分私密的，但假如被怀疑是虐待，她便有义务通知相关社会服务机构。我父亲曾在六年前说摔了一跤，此事之前与之后都未引起过任何疑问。我的证据又在哪里呢？

"我听人说的。"

"你知道村里的人都是怎样的。或者你并不清楚。是什么样的人跟你说的这事儿？"

"哦，反正是有人。"

"你认为你的母亲是那种会虐待你父亲的人吗？"

虐待，虐待。为什么就不能说是拿着一个大平底锅痛殴、猛击、暴打人的脑袋呢？"我不知道。该怎么分辨呢？"是不是得看到我父亲皮肤上倒印着始作俑者的名字才算？

"我们通常根据病人身上的伤痕判断究竟属不属于虐待。除非有家庭成员提出怀疑。你是在提出怀疑吗？"

不。我并不会因为一个年过六十可能跟我爸上过床的女人的一席话，就要告发我八十岁的母亲，让她背负虐待八十一岁丈夫的嫌疑。"不。"我说。

"我不常看到你的父母，"医生继续说，"但是，他们……"她停了下来，思索该怎么说才算恰当委婉，"……他们受过教育吧？"

"是的，"我答道，"是的，我父亲在六十年——六十多年前受过教育，我母亲也是。我相信教育让他们此生受益匪浅。"

我怒气未消，继续说，"顺便问一下，你开过伟哥的处方吗？"

她看着我，好似此刻确认我是来无理取闹的："你可以找你自己的医生去要那东西。"

当我回到村里，我感到一种突如其来的沮丧，好似长久以来我一直住在这儿，对这里的一切开始心生厌烦：突兀的十字路口、弃用的教堂、残破的公交车候车亭、瑞士农舍风格的木屋以及售价高昂的生活用品商店。我把车开上被人夸张地称为车道的沥青小路，看到在花园的尽头，父亲正在水果笼子里弯着身子绑缚枝叶，而母亲正等着我。

"他妈的乔伊斯和罗伊斯，他们俩倒真是天生一对。一对蠢蛋。他们毒害了我一辈子。"

"别嚷了，妈。"

"不要用这种口气跟我说话，小伙子。除非你到了我这个年纪，到那个时候你才有权利这么说。他们害了我一辈子。"母亲不允许有任何反驳。此时此刻，她也在重申自己作为家长的地位。

我拿起水槽边的水壶，给自己倒了一杯茶。

"它已经煮过了。"

"我无所谓。"

一阵冗长缓慢的沉默。再一次，我觉得自己像是个寻求他人认同的孩子，或者在某种程度上，只是在努力避免责难。

"妈，你还记得索尔那个牌子的洗衣机吗？"我发现自己突然开口说话了。

"什么牌子？"

"索尔。我们还小的时候，它总是在厨房的地板上到处跑。有自己的意志。还总是让厨房泛滥成灾，是不是？"

"我以为它的牌子是叫'热点'。"

"不是。"我感到异常绝望，"'热点'是以后的事儿了。索尔是我记得的牌子。总是嘎嘎响，还有排废水的米黄色粗软管。"

"那个茶肯定不能喝了，"母亲说，"顺便说一句，你把我上次给你的地图给我拿回来。不，还是扔掉算了。怀特岛，傻瓜。胡言乱语。你明白我的意思吗？"

"明白了，妈。"

"如果我死在你爸前头，我确实也希望这样，你就把我的骨灰给撒了。撒哪儿都行。或者就叫火葬场干得了。你知道，你无须收我的骨灰。"

"你别这么说了。"

"他会看着我走的。越是不中用，活得越是久啊。这样那个前台接待就可以保存他的骨灰了，难道不是吗？"

"别这么说。"

"把骨灰放在她的壁炉台上。"

"你瞧，妈，如果是那么回事，我是说，如果你真的死在爸爸前头，她也绝不会有这个权利。这得我说了算，我跟卡伦。这个跟艾尔西没半点儿关系。"

一听到卡伦这名字，母亲僵住了："卡伦根本没用，而且儿子，你也不能让我信任，不是吗？"

"妈……"

"一声不吭就偷偷溜到她家里。跟你爸简直就是一个模子里刻出来的，跟你爸一模一样。"

根据艾尔西的说法，母亲无休止的电话完全毁了他们的生活。"早上、中午、晚上，尤其是晚上。到了最后，我们只得把插头给拔了。"根据她的说法，母亲总是想把父亲叫回去，让他干这干那。母亲总是有一连串的理由：什么房子的一半属于他啦，所以他有修理的责任；什么他留给她的钱连个杂工都雇不了啦；什么他大概也不希望她这把年纪开始爬梯子干活儿啦；什么假如他不马上过来，她就要一路赶到艾尔西的家里，把他给抓回去啦。

根据母亲的说法，父亲前脚离开艾尔西那儿，后脚就到家了，给她修理各种物件，翻新园地，清理水渠，检测油箱的水位等。根据她的说法，父亲经常抱怨艾尔西待他跟待条狗似的，不让他去英国军团俱乐部，给他买的一双拖鞋，他也特别讨厌，还想让他跟儿女们断绝所有往来。根据她的说法，父亲常恳求她让他回来，对此她的回答是："自己铺的床，可得自己躺着。"虽然她的目的只是想多晾他一会儿。根据她的说法，父亲厌恶艾尔西给他熨烫衬衫时的漫不经心，也讨厌现在他所有的衣服都染上了烟味。

根据艾尔西的说法，母亲家后门的门闩只能插上一半，盗贼可以轻易进入，将躺在床上的母亲强奸或者谋杀了。母亲为此大吵大闹，父亲不得不勉强同意上门去看看。根据艾尔西的说法，父亲赌咒发誓这是最后一次去那儿，按他的意思，在他下次去之前，恨不得那该死的房子烧个精光才好，最好连同母亲一起葬身火海。根据艾尔西的说法，当时父亲正在修理那扇后门，母亲拿起一个不明器物砸向了父亲的脑袋，然后让他躺在那儿，希望他就此死去。事情发生几个小时以后，母亲才打电话叫救护车。

根据母亲的说法，父亲一直缠着她，想过来把后门修好，父亲不喜欢想到她夜里独自一人待着。只要她同意让他回来一趟的话，这个问题就可以解决啦。根据母亲的说法，某天下午父亲出其不意地带着工具箱出现了。他们一同坐着，聊了好几个小时，谈起旧日的时光，谈起孩子们，甚至拿出以前的老照片来。看着这些照片，两人的眼眶都濡湿了。她告诉他，她考虑让他回来，但是要等到他把门修好，如果这是他回来的目的的话。之后，他带着工具箱走开了，她收拾完了茶具，然后坐下继续翻看照片。过了一会儿，她意识到她并没有听到杂物间有任何响动。父亲侧躺着，发出咕噜咕噜的响声。他一定是又摔了一跤，脑袋砸在混凝土地板上。她打电话叫救护车——天哪，他们来得怎么这么慢——然后拿了一块靠垫垫在他脑袋下面。你看，就是这靠垫，上面依稀还有血迹呢。

根据警察的说法，艾尔西·罗伊斯夫人向他们控告，多萝西·玛丽·毕肖普夫人袭击了斯坦利·乔治·毕肖普先生，意欲谋杀。他们做了充分调查，决定不予受理。根据警察的说法，毕肖普夫人向他们控告，罗伊斯夫人在村里四处造谣生事，说她是个杀人凶手。他们得去和她私下谈谈。清官难断家务啊，尤其是像这种你可称之为"大家庭"的。

现在父亲已经在医院里住了两个月了。他在事情发生的第四天恢复了意识，但是此后就没什么进展了。他刚入院那会儿，医生对我说："恐怕像他这个年纪不大挺得过去。"现在，另外一位医生则圆滑地向我解释："别抱太大希望。"父亲的左侧身体已经瘫痪，记忆力严重丧失，开口说话困难，也不能自己吃东西，大部分时候还会大小便失禁。左半边脸已经扭曲狰狞，如同干树皮，但是他看着你的眼神，一如往常：清澈、灰蓝。他的白发也依然干净齐整。我不知道我说的话他听懂了多少。有一个短语他咬字清晰，其余就很少说了。从他歪斜的嘴里吐出来的元音也变了样，当他发出这些残破的音时，能从他的眼睛里看出羞耻。大部分时候，他宁愿保持静默。

出于配偶的权利，母亲一周可以有四天去探望父亲，于是每周一、周三、周五与周日，母亲都会来医院。她给他带来葡萄与前一天的报纸。他左边嘴角流下口水时，她便从床边的盒子里拿出一张纸巾，把口水轻轻擦掉。如果她在桌上发现艾尔西留下的便条，就立即将它撕碎。对于母亲的这一举动，父亲通常假装视而不见。她向他谈起他们在一起的旧日时光，谈起孩子们，谈起他们共同的记忆。她离开时，他一直目送着她，每个人都能清楚地听到他说："我的妻子，你知道。那些幸福的岁月啊。"

每个周二、周四、周六，艾尔西来看望父亲。她给父亲带来鲜花以及自制的牛奶软糖。父亲流口水时，她从口袋里掏出一块镶了蕾丝花边的白手帕，手帕上用红线缝着她名字的第一个字母"E"。她温柔地将他的脸擦拭干净。她喜欢在她右手中指上戴一枚与她为吉姆·罗伊斯戴的相仿的戒指，那枚戒指她现在依旧戴在左手上。她向我父亲谈起未来，谈起他会逐渐康复，谈起他们未来的共同生活。当她离开时，他一直目送着她，每个人都能清楚地听到他说："我的妻子，你知道。那些幸福的岁月啊。"

沉 默

一年一年地过去，那种感觉却至少变得越来越强烈——我渴望见到那些鹤。每年的这个时候，我都会站在山坡上看着天空。但是今天它们没有出现。天空中只有一些野鹅飞过。倘若世间不存在鹤，那么鹅也算得上美丽了。

一位报社来的年轻人陪我消磨时光。我们聊到了荷马，又聊到了爵士乐。他不知道《爵士歌手》那片子里就用了我写的音乐。有的时候，年轻人的无知让我觉得很有意思。这种无知便是一种沉默。

过了两个小时，他狡黠地问起了我的新作品。我笑了。他问起了《第八交响曲》。我把音乐比作蝴蝶的双翅。他说评论家们觉得我已"江郎才尽"，再也写不出什么了。我又笑了。他说有些人——当然，绝非他本人——认为我领着国家发的退休金，却逃避我的职责。他追问我什么时候能够完成新的交响乐。我不再笑了。"是你们阻止了我完成我的创作。"我答道，摇响了铃，请人引他出去。

我想告诉他，我年轻的时候曾经给一对黑管与一对巴松谱过曲。这让我颇为得意，因为那个时候全国也就两个巴松演奏家，其中一个还得了肺病。

年轻人的事业蒸蒸日上。他们注定是我的敌人！你想在他们面前扮演一个父亲的角色，可他们根本不屑一顾。不过，也许他们这样做是有道理的。

艺术家们生来就容易被人误解。这不稀奇，久而久之，就司空见惯了。我只不过想重申并坚持己见：请恰当地误解我吧！

K从巴黎来信。他对设定节拍忧心忡忡。他需要我帮他出主意、下结论。他得用节拍器给快板打节拍。他在信中提到说，是否只能将第二乐章的其中三个小节放慢，变成原先节奏的二分之一的慢板。我回复他说，K大师啊，我无意反对你的想法。最终——如果我的话听起来太过自大，还请原谅——我认为，表达真挚的方式并不止一种。

我记得曾与N讨论过贝多芬。N认为，如果时间之轮继续转动，莫扎特最好的交响乐仍然会被时代所认可，而贝多芬的交响乐则会被弃之路边，无人问津。这就是我与N之间最典型的差异了。我感觉，N和布索尼[1]、斯丹哈默[2]是不一样的。

据说斯特拉文斯基[3]先生认为我的技艺不佳。我把这一评价当作此生得到的最好的褒奖！一些作曲家在巴赫与近现代音乐间徘徊不定，斯特拉文斯基先生便是其中之一。但是，音乐技法并不是通过课堂教授学习就能获得的，这样说来，I.S.先生算得上此中典范了。可是，当人们把我的交响乐与他那不成形的矫揉造作相比时……

一个法国评论家，试图表现其对我的第三交响曲的厌恶时，引用了古诺[4]的话："只有上帝才有资格用C大调谱曲。"说得真对。

---

1 布索尼（Busoni，1866—1924），意大利钢琴家、作曲家。
2 斯丹哈默（Stenhammar，1871—1927），瑞典作曲家、指挥家和钢琴家。
3 伊戈尔·斯特拉文斯基（Igor Stravinsky，1882—1971），美籍俄国作曲家、指挥家和钢琴家。
4 古诺（Gounod，1818—1893），法国作曲家。

我和马勒[1]曾经讨论过作曲。对他来说，交响乐必须像大千世界一样包罗万象。而我认为，交响乐的本质在于形式；是其中严谨的风格与深邃的逻辑才将母题内在地连接在了一起。

当音乐成为文学，那一定是糟糕的文学。音乐始于文字止步之处。那么音乐终了呢？沉默。各种艺术形式渴望抵达音乐的境界。那音乐渴望什么？沉默。这样说来，我已大功告成了。我过去以音乐而闻名，如今我以长久的沉默同样闻名。

当然，我还是能创作些音乐小品的。譬如，我可以为了S表兄新婚妻子的生日写一阕小插曲，它的行板并不像她所想象的那么稳妥。我也可响应国家的召唤写一曲，抑或给大张旗鼓向我邀曲的村庄写点什么。但这些作品并非出于真心。我的音乐之旅已近终结。即使对我的音乐抱有敌意的人，也会认为这合乎逻辑。音乐遵循这一逻辑，最终归于沉默。

A拥有我所不具备的坚韧的品质。身为将军之女，她可不是一个草包。别人眼中的我一妻五女，是个颇有派头的名人。他们说A为了我的辉煌人生而牺牲了她自己。我则是为了艺术而牺牲了我

1　古斯塔夫·马勒（Gustav Mahler，1860—1911），奥地利作曲家、指挥家。

的人生。我是一个很好的作曲家，但是，论做人，则要另当别论。然而，我是一如既往地爱她，我们曾分享些许快乐。当我遇见她时，她对我来说就像是约瑟夫松[1]笔下的美人鱼，坐在紫罗兰的花丛中，伴着她的骑士。可是，世事艰难。恶魔显现了。我的姐姐住在精神病院里。酗酒买醉。精神失常。郁郁寡欢。

振作起来！死亡即将来临。

奥托·安德松竟然把我的家谱研究得这么透，这让我很不舒服。

有些人觉得我很不人道，因为我不允许我的五个女儿在家唱歌或是演奏音乐。拉不好小提琴就不准演奏欢快的曲调，长笛吹得太急了，或者吹断了气，那就别吹。天啊，在这伟大的作曲家中竟不允许演奏音乐！但是A她理解。她知道音乐必定从沉默中来。来于此且归于此。

A也总是很沉默。天知道，这都怪我。作为丈夫，我从不觉得我应该受到圣赞。哥德堡的那场演出之后，她给我写了一封信，

1　恩斯特·约瑟夫松（Ernst Josephson, 1851—1906），瑞典画家。

这封信我死后你也能在我衣服口袋里找到。但平时她总是毫无怨言。她不像其他人，从不问我何时能够完成第八乐章。她只是一直陪着我。夜晚的时候我开始创作。不，夜晚，我坐在书桌前，在一瓶威士忌的陪伴下振作精神，开始工作。之后，我醒来的时候，头耷拉在谱子上，握着拳在空中挥舞。A趁我睡着的时候把酒拿走了，我们对此只字未提。

我曾经戒了酒，但现在，它是我最忠诚的伴侣，最知心的朋友！

我独自一人出去吃饭，思考死亡。或者去坎普餐馆，去俱乐部，去国王饭店和人家聊这一话题。为什么人只能活一次[1]，这事太怪异了。我加入了坎普餐馆的柠檬桌谈话。在这儿，是允许——确切地说，是必须——讨论死亡的。这儿其乐融融。但A不赞同。

对中国人而言，柠檬象征死亡。安娜·玛丽亚·伦格仑的那首诗中写道："他入葬时手握一只柠檬。"没错。A嫌它过于病态，禁止我们说。但是，除了死人，谁可以一副病态的呢？

1　原文为德语，奥地利作曲家小约翰·斯特劳斯曾作圆舞曲《人只能活一次》。

今天，我听见了鹤群的声音，却不见其踪影。云压得很低。因为是站在山顶的关系，我听见它们朝着南方的太阳，发出洪亮的叫声，那声音从头顶向我奔袭而来。看不见的鹤群更加美丽与神秘。它们让我重新领会了洪亮透彻的感觉。它们的音乐，我的音乐，音乐。就像这样，你站在山坡上，听见云的那一端传来穿透心魄的声音。音乐——甚至是我的音乐——也无形地奔向南方。

这些日子，朋友们抛弃了我。我已经无法判断是因为我的成功还是失败。这就是晚年的困扰啊。

或许我这个人不怎么好相处，但也不算太难相处吧。在我这一生中，我一旦失踪，他们就知道在哪儿可以找到我——那家餐厅——它们提供最好的香槟与龙虾。

当我出访美国的时候，他们讶异于我此生从未给自己刮过胡子，仿佛我就是一个贵族。但我并不是贵族，也不想装成那样。我只不过不希望把时间浪费在刮胡子上。让别人帮我刮胡子就好了。

不，这不是真的。我的确是个很难相处的人，就像我的父亲、我父亲的父亲一样。我还是一个艺术家，于是变本加厉。我还有个最忠实、最善解人意的伴侣，这就更加糟糕了。我能标注以"无酒精"的日子寥寥无几。[1]如果你的手抖个不停，那是很难作曲的，也是很难指挥的。我承认，很大程度上来说，A跟着我过日子，简直是一种殉难。

哥德堡。音乐会之前，我又不见人影。也不在老地方。A简直要神经崩溃了。尽管这样，她还是在大厅里，祈祷事情能够有转机。而我在约定的时间准时出现了，向观众们鞠躬，举起指挥棒。这着实让A感到很惊喜。序曲才行进了几个小节的时候，她事后告诉我，我就像在彩排一样停住了。观众们很疑惑，乐队更不用说了。接着，我重新给了一个弱拍，从头开始。她很肯定地告诉我，之后简直一片混乱。观众们兴致勃勃，尾随的报道充满敬意。我毫不怀疑A说的话。她说，音乐会之后，和朋友们站在大厅外，我从口袋里拿出装威士忌的瓶子，把它摔在台阶上。但这些我通通不记得了。

回家以后，我安静地喝着晨间咖啡，她递给我一封信。结婚三十多年以来，她第一次在我这个家里给我写信。信中那些话我从此一直牢记心头。她说我是个没用的懦夫，靠喝酒来逃避困难；以为喝酒有助于成就新的杰作，但这是大错特错的啊。她无论如何都不愿再丢人现眼，在大庭广众之下看着我醉醺醺地指

1　据说西贝柳斯曾备受酒瘾困扰，以致影响创作。为了自我激励，他每天在日记中标注当日是否"无酒精"。最终，西贝柳斯控制了酒瘾，挽回了健康，在艺术上又有新的创获。

挥了。

我没有作出任何回应，不论是书面还是口头。我想用实际行动去证明。她就像信中所写的那样，没有陪我去斯德哥尔摩，也没去哥本哈根和马尔默[1]。我一直带着她的信。我在信封上写了大女儿的名字，这样她在我死后就能知道这封信写了什么。

对于作曲家来说，步入老年是多么恐怖的事情！一切都没有原来那样快了。而且，自我批评达到了不可思议的程度。别人只看到名誉、掌声、盛宴、国家养老金、慈爱的家人、世界各地的拥护者。他们只会注意到，我的鞋子和衬衣是从柏林定做的。在我八十岁生日时，我的头像上了邮票。人们很是注重这些成功的装饰。但我将它视为人生的最低形式。

我记得我的朋友托伊沃·库拉[2]被埋入冰冷的泥土中长眠的那天。他被步兵射中头部后没几个礼拜就死了。在他葬礼上，我回顾了这位艺术家无比悲惨的一生。他勤奋劳作，才华横溢，浑身是胆，然后，一切就瞬间消失无影了。遭人误解，被人遗忘，此乃艺术家的宿命。我的朋友拉格堡颇为认同弗洛伊德的观点，依后

---

1 瑞典南部港口城市。
2 托伊沃·库拉（Toivo Kuula，1880—1918），芬兰作曲家。

者之见，艺术家借由艺术逃避神经质。创造力正好弥补了艺术家无法倾力生活这一缺陷。当然啰，这只是发展了瓦格纳的观点。瓦格纳认为，如果我们充分地享受生活，就不再需要艺术了。在我看来，这简直是颠倒黑白。当然，我并不否认艺术家神经过敏。茫茫人海中的我，怎能否认这一点呢？我也有些神经质，经常感到不开心，但这是身为艺术家的果，而不是因。如果心比天高，而又经常力有不逮，这怎能叫人不神经质？我们不是电车乘务员，只要在车票上打个孔，正确地报出站名就行了。除此之外，我可以简单地回应瓦格纳的话：一个充实的人生怎能缺少了其最高贵的乐趣，那就是欣赏艺术？

弗洛伊德的理论，没有囊括一大可能性，即交响乐作曲家面临的冲突——首先领悟，然后表达能够经久不衰的音符律动之道——某种程度上是一项比为国王与国家献身更为伟大的成就。许多人都能做到这一点，而能做种土豆、戳车票以及其他类似的有益事情的人就更多了。

瓦格纳！至今，他的诸神与英雄们让我的肉体已匍匐了五十年。

在德国时，他们带我去听一些新音乐。我说："你们在制造各种颜色的鸡尾酒，而我带着纯净的冷水就来了。"我的音乐像是融化了的冰。它的律动让你觉察到冻结的开端，在洪亮的篇章中，你能觉察到它起初的沉默。

有人问我，哪个国家和我的作品最有共鸣。我说，英格兰。这片土地没有沙文主义。一次访问演出时，我被移民局一官员认了出来。我见到了沃恩·威廉斯[1]先生；我们用法语交谈，这是除了音乐之外我们唯一共同的语言。一场音乐会之后，我做了个演讲。我说，我在这儿有好多朋友，自然，我希望，也有敌人。在伯恩茅斯[2]，一位学音乐的学生表达了他对我的敬意，然后质朴率直地说他没钱去伦敦听我的第四交响曲。我把手伸进口袋，说："我给你一个英镑。"

我的交响乐创作比贝多芬的强，我的主题也胜过他。但他生于美酒之乡，我生在一个被酸奶主宰的地方。像我这样的才华，即使说不上是天才，亦非酸奶所能滋养。

战时，建筑师诺德曼给我寄了一个形状像小提琴盒子一样的

1　沃恩·威廉斯（Vaughan Williams，1872—1958），英国作曲家和指挥家。
2　英格兰西南部城市。

包裹。那果真是一个小提琴盒子，里面装的却是一只熏羊腿。我写了一曲《弗里多林的愚蠢》寄给他，以表谢忱。我认识他的时候，他还是个激情洋溢的清唱歌手。我感谢他那美味的小提琴[1]。不久，有人寄了我一盒鳗鱼，我回赠了一曲合唱谱。我暗自思忖，事情完全变了个样。想当初，艺术家有资助人时，他们便能写曲子；只要他们像这样写下去，他们就有饭吃。现在的我，却是先从别人那儿收到吃的，然后写点作品回赠他们。这样就有点乱套了。

迪克托纽斯把我的第四交响曲称为"树皮面包交响曲"，因为在以前，穷人把碾得很细的树皮掺入面粉中。虽然做出来的面包并不怎么好，但是抵御饥饿绰绰有余了。卡利什说第四交响曲大致上表达的是对生活的愠怒与不快。

年轻的时候，我被评论伤害。如今，当我情绪沮丧时，重读那些关于我的作品的讨厌的文字，却极感振奋。我告诉同事："记住，这世界上从没一个城市给批评家树立雕像。"

在我的葬礼上将会演奏第四交响曲的慢板乐章。我还希望，我下葬时，那只写下了这些音符的手可以攥着一只柠檬。

1　原文为法语。

不，A必定会从我死去的手中拿走那只柠檬，就像她从我活着的手中拿走威士忌酒瓶。但她不会撤销我对"树皮面包交响曲"的吩咐。

振作起来！死亡即将来临。

他们不断地问及我的第八乐章。大师啊，它何时能大功告成？我们何时能出版？就算是开篇的序曲也行啊？您会让 K 来指挥您的这部作品吗？它为何花费您这么长的时间？为什么鹅不给我们下金蛋了呢？

各位，新的作品或许会有或许不再会有了。我已经花了十年，二十年，都快接近三十年了。过了第三十年或许也毫无进展。或许它将被付之一炬，葬身火海，然后归于沉默。毕竟，万物都是这样终了的。但是各位，请恰当地误解我吧。并不是我选择沉默。是沉默选择了我。

A 的命名日。她希望我去采蘑菇。树丛里的龙葵快熟了。唉，这我并不擅长。但是，凭借勤奋、天赋和勇气，我最终还是找到了一颗龙葵。我把它摘了下来，放在鼻子边闻了闻，然后恭恭敬敬把它放进了 A 的小篮子里。干完了这份工作，我掸了掸袖口的松针回家去了。那之后，我们上演了二重奏。无酒精。

手稿的盛大的判决仪式[1]。我把它们装在洗衣篓里，并且当着Ａ的面，在餐厅里将它们点燃。过了一会儿，她再也看不下去，就愤而离去。我继续这份好差使。最后，终于觉得自己冷静轻松了许多。这真是愉快的一天啊。

时间消逝得没有从前那样快了……是啊，我们凭什么期待生命的最后乐章是一首回旋的快板呢？不过，我们该怎样给它划拍才最适合呢？庄严节拍？很少有人这么幸运。广板演奏——还是有些过于庄重。宽广而热情的？——最后的乐章也许可以那样开端——我的处女作就是这样的。但是，在现实人生中，它不是超级快板，指挥家不会威逼乐队拼命演奏，发出愈来愈大的音响。不，在那最后的乐章中，人生是指挥台上的那个醉汉，是个连自己的音乐都无法辨认的老人，是那个分不清排练与表演的傻子。不如用滑稽调来演绎？不，这种方式我已经用过了。那么还是让它缓慢绵延些，让指挥来做决定吧。毕竟，表达真实的方式不止一种。

---

1 原文为葡萄牙语"auto da fe"，意为"信仰之行动"，原为西班牙或葡萄牙的宗教裁判所当众裁决异教徒、为其忏悔的仪式，随后往往是著名的火刑。

今天早上，我像往常一样出去溜达。我站在山坡上向北眺望。"我年少时的鸟儿啊！"我朝苍天放声，"我年少时的鸟儿啊！"我等候着。云烟氤氲，天阴沉沉，但就是这天，鹤群从密密的云层下面飞过。它们靠近了，其中一只突然离开鹤群，径直朝我飞了过来。我张开双臂，欢呼着看着它在我身边慢慢地转了一圈，发出响亮的声音。随后，它回到行列中，继续随着鹤群向南远行。我目不转睛地看着它们，直到视线一片模糊。我屏息凝神地聆听，直到什么也听不见，然后，一切又归于沉默。

我慢慢走回了家。我站在门口，呼唤柠檬。

马上扫二维码，关注"**熊猫君**"

和千万读者一起成长吧！

图书在版编目（CIP）数据

柠檬桌子 /（英）朱利安·巴恩斯（Julian Barnes）
著；郭国良译. —— 南京：江苏凤凰文艺出版社，
2020.3
书名原文：The Lemon Table
ISBN 978-7-5594-3785-3

Ⅰ.①柠… Ⅱ.①朱… ②郭… Ⅲ.①短篇小说 – 小
说集 – 英国 – 现代 Ⅳ.① I561.45

中国版本图书馆 CIP 数据核字 (2020) 第 027787 号

柠檬桌子

［英］朱利安·巴恩斯 著　　郭国良 译

责任编辑	丁小卉	
特约编辑	张敏倩	王 品
装帧设计	苏 哲	
责任印制	刘 巍	
出版发行	江苏凤凰文艺出版社	
	南京市中央路 165 号，邮编：210009	
网 址	http://www.jswenyi.com	
印 刷	北京中科印刷有限公司	
开 本	880×1230 毫米 1/32	
印 张	9	
字 数	153 千字	
版 次	2020 年 3 月第 1 版	
印 次	2021 年 6 月第 4 次印刷	
标准书号	ISBN 978 – 7 – 5594 – 3785 – 3	
定 价	59.00 元	

江苏凤凰文艺版图书凡印刷、装订错误，可向出版社调换，联系电话：010-87681002。